우리 반 애들 모두가
망했으면 좋겠어

우리 반 애들 모두가 망했으면 좋겠어

이도해 장편소설

|주|자음과모음

차례

Lesson 1 　 그렇게 쉽게 사과하면 안 되는 거란다 　 9

Lesson 2 　 인류 발전에 코딱지만큼도 기여하지 않는 법 　 34

Lesson 3 　 모두의 인생에는 적이 있는 법 　 61

Lesson 4 　 빈곤한 상상력과 창의성은 두통만 불러올 뿐 　 88

Lesson 5 　 이득은 좀 더 가시적이고 확실한 것이어야 했다 　 110

Lesson 6 　 지옥에는 버터도 설탕도 없을 텐데 　 136

Lesson 7 　 사람은 언제나 루틴의 동물 　 159

Lesson 8 　 얼굴에는 적당한 음영이 있어야 한다 　 199

에필로그 　 225

작가의 말 　 232

군자의 복수는 10년이 걸려도 늦지 않다.

-사마천,『사기』

그렇게 쉽게 사과하면
안 되는 거란다

그날의 나는 지나치게 화가 났던 것이 분명하다. 서둘러 학원에 뛰어가야 하는 시간이었지만, 항상 지나치기만 했던 오래된 서점으로 불쑥 들어가 버렸던 것이다.

그 서점은 '미미 책방'이라는 무성의한 명조체 간판이 붙어 있는 2층짜리 노란 타일 건물이었다. 입구에서 보이는 것보다 세로로 깊숙해서 분식집이 어울릴 법한 공간이었는데, 주변 학원가가 아니었다면 진작에 폐업했을 그런 가게였다.

과감하게 땡땡이를 결심한 나는 땡땡이에 그치는 것이 아니라, 그 작자가 쓴 멍청한 문제집에 분풀이를 해야겠다고 생각했다. 한 문제! 그 한 문제를 틀렸기 때문에 나는 전교생에게 비웃음을 샀고, 등수는 내려가 버렸디.

9. 다음의 문장 중 〈보기〉의 설명으로 옳지 <u>않게</u> 된 것은?

답지를 뒤져 보아도 정답은 3번이었다. 멍청한 놈들! 검수도 하지 않고 이딴 문제집을 팔아먹다니. 교무실에서 선생님과 실랑이하던 게 떠올라 다시금 얼굴이 화끈 달아올랐다. 나는 교복 앞주머니에서 펜을 꺼내 과감하게 빨간 줄을 주욱 그었다. 한 권, 두 권, 세 권까지. 책장에 꽂힌 모든 문제집에 빨간 칠을 해 놓아야만 했던, 그 정도의 분노였다. 그때였다.

"뭐 하는 거니?"

노란색 카디건에 롱스커트를 입은 멋쟁이 할머니가 내 옆에 서 있었다. 그녀는 카트에 책을 담아 옮기던 중이었는지, 카트 손잡이를 꾹 밀어 바퀴를 고정시키고는 나를 향해 재차 물었다.

"사지도 않을 책에 줄을 그었구나?"

할머니의 추궁하는 듯한 눈동자와 마주치자, 화가 썰물처럼 빠져나갔다. 나는 머리부터 발끝까지 모범생이었고, 한 번도 나쁜 짓을 해 본 적이 없었다.

"아니요, 살, 살 거예요."

"그러니?"

그녀가 나를 지긋이 바라보았다. 그리고는 사시나무 떨듯 떨고 있는 내 손 아래 펼쳐져 있는 책들을 모두 꺼냈다. 똑같은 문제집 속 똑같은 페이지, 똑같은 문항에 빨간 줄이 죽죽 그어져 있었다.

"이것도 살 거니? 얘야, 말해 보려무나."

대답할 수 있을 리가 없었다. 말하지 않았는가? 나는 머리부터 발끝까지, 아기 때부터 지금에 이르기까지 '착한 아이'였다. 그러므로 나는 말짱한 대답을 내놓을 경험치도, 딱 잡아뗄 뻔뻔함도 하나도 갖추지 못하고 있었다.

"교복을 보아하니…… 요 앞 여고로구나?"

망했다. 나는 할머니의 주름투성이 손을 본능적으로 움켜잡으며 말했다.

"세 권 다 살게요!"

"이름도 명찰에 붙어 있구나."

할머니는 내 가슴 주머니에 붙은 명찰을 응시했다. 이쯤 되자, 현실을 받아들여야만 했다. 십 분 뒤, 필라테스복을 갈아입지도 못한 엄마가 불같이 나를 들들 볶아 새카맣게 태워 버릴 미래가 눈앞에 그려졌다.

"잘못했……."

"얘, 그렇게 쉽게 사과하면 안 되는 거란다."

울먹거리던 나는 뜬금없는 말에 눈이 동그래졌다. 그녀는 내 교복의 명찰을 떼어서 내 손에 친히 쥐여 주기까지 했다.

"이런 것을 달고 다니는 것도 물론 안 되지."

예상하지 못한 진개에 나는 입을 다물었다. 물론 희미한 해피 엔딩에 대한 기대가 모락모락 피어오르고 있기 때문이기도 했다.

"자아, 이제 나는 네 이름도, 학교도 알았구나. 그리고 난 너희 학교 행정실과는 교과서 재고 문제로 자주 연락을 하곤 하지. 내가 무엇을 할지 알겠니?"

그러나 희망은 바닥에 떨어진 케이크 접시처럼 산산조각이 났을 뿐 아니라 주워 담기도 어려웠다.

"협박이란다. 네게 다른 선택권이 있다는 생각은 접어 두렴."

"……협박이요?"

"토요일 오후 2시에 네 정체와 신분을 들키지 않을 차림으로 이곳으로 오면 된단다."

"토요일 2시에 오라고요? 하지만 저는 그 시간에는 논술학원을……"

"내가 말하지 않았니? 너에겐 다른 선택지가 없단다, 얘야."

"그, 그러면, 오후 2시에 여기서 뭘 하는데요?"

"2층에서 매주 작은 독서 모임이 열리고 있지. 내가 그 모임의 호스트 '미미'란다."

그녀가 내게 의미심장하게 웃어 보이며 말을 이었다.

"이번 주 한 번만 참석하면, 이후에는 네게 더 이상 어떤 책임도 묻지 않으마."

나는 미미 할머니를 조심스럽게 훑어보았다. 아무리 봐도 롱스커트와 노란 카디건이 범죄에 연루돼 있거나 이상한 모임의 운영자라고는 생각되지 않았다. 60년도 더 된 것 같은 서점 건물에서 무슨 일이 일어날 것 같지도 않았다.

'기껏해야 성경 모임이겠지. 할머니들이야 항상 그런 것에 빠져 있으니까.'

나는 고개를 끄덕였다.

'여차하면 안 가도 되니까.'

할머니는 그런 나를 꿰뚫어 본 듯, 침착하게 말을 덧붙였다.

"얘, 이번이 마지막 기회란다. 더 이상은 룰을 어기지 마려무나. 알았지?"

나는 그녀의 목에 걸린 씨알이 굵은 진주 목걸이를 보며 다시금 멍청하게 고개를 끄덕였다.

"너한테 해 될 일은 하나도 없을 거란다. 알았지? 오후 2시란다."

그녀는 그렇게 말하고는, 곧 내 등을 떠밀었다.

"그러면 빨리 사라지려무나, 얘야."

얌전한 할머니의 힘이라고는 상상할 수 없는 그녀의 억센 손아귀에 밀려서, 나는 서점의 유리문을 뚫다시피 쫓겨 나왔다. 뒤쪽으로 고개를 돌리자, 미미는 내게 등을 돌린 채 깃털 총채로 책장의 먼지를 털고 있었다.

＊

나는 다음 날과 그다음 날, 또 그다음 날과 그다음 날까지 계속 고민에 고민을 거듭했다. 논술학원을 빠지는 것도 큰일이었고, 서점 2층에서 열린다는 그 모임의 정체를 도무지 알 수 없다는 것도 문제였다. 미미 책방의 SNS 팔로워는 삼십 명 정도 되었는데, 서점 주인 '미미'의 실제 이름은 김춘자, 나이는 무려 일흔두 살이었다. 계속된 소셜 네트워크 탐색 결과, 춘자 할머니는 기독교 신자도 불교 신자도 아닌 듯했다.

'도대체 무슨 모임인 거지?'

머릿속에서는 몇 번 보지도 않은 스릴러 공포 영화 따위가 반복 재생되고 있었다. 대낮 서점 2층에서 벌어지는 인신매매, 마약 제조, 화폐 위조 등의 장면이 음울한 범죄 영화의 정서를 띤 채 머릿속을 수놓았다.

"역시 안 가는 게 낫겠어."

금요일 6교시, 하교를 몇 분 남기고 나는 마음을 굳게 먹었다. 차라리 엄마에게 등짝을 두들겨 맞으며 오빠에게 누가 되는 동생이 되지 말라는 등 잔소리에 시달리다가 이상한 심리 검사를 받으러 가는 편이 나을 것 같다는 결론이 섰기 때문이다.

복도 창문으로 운동장 스탠드를 보며 결의를 다지고 있을 때, 도서부 담당 샘이 나를 불렀다.

"혹시 내일 학교에 와 줄 수 있을까?"

"네? 내일이요? 내일은 주말인데…….."

"학교 앞 미미 책방에서 학교 도서관에 책을 기증하기로 하셨는데, 책을 나를 사람이 부족해. 만약 네가 나와 주면 생기부에 봉사 활동으로 적어줄 수도 있어."

"그치만……."

한국의 교육제도는 왜 항상 기브 앤 테이크인 걸까?

"도서부 1학년 애들로는 인원이 모자라서 말이야."

뭐, 봉사 점수가 부족하기는 했다. 게다가 도서부원들과 함께 간다면, 그 이상한 모임에서 발 빼기도 쉬울 것 같았다.

'책만 놓고 오는 거야. 그렇게 되면 약속을 어긴 건 아니잖아.'

모범생이라고 모든 것을 정석대로 지키며 살 순 없다. 가끔은 편법이 필요한 법. 미미의 마지막 말이 아무래도 께름칙했기 때문에, 도서부 샘의 딜을 반갑게 받아들였다.

그리고 토요일 오후 2시가 되자, 나는 그 모든 것이 미미의 계략임을 알아차렸다.

＊

도서부 선생님은 나와 2년간의 작은 추억, 그간 형성해 놓은 관계 등을 너무도 쉽게 배신했다.

"애들이 아직 안 왔는데, 너부터 미미 책방에 먼저 가 있어. 다른 아이들노 곧 올 테니까."

약속 장소인 사거리에서 만난 선생님이 그렇게 말했을 때도 나는 그것이 어떤 잔꾀라고는 생각하지 못했다. 1등급을 아무리 받아 봐야, 악의 세계에 맞설 때는 소용없는 일이었다.

미미 책방의 1층 유리문에는 '클로즈' 팻말이 붙어 있었지만, 삐그덕거리면서 잘도 열렸다.

"왔구나."

미미는 자줏빛 굵은 털실로 짠 스웨터와 남색 스커트를 입고 있었다. 역시 패셔니스타였다.

"저, 선생님에게 들으셨다시피 책을 가지고 가야 해요."

"책? 무슨 책 말이냐?"

그 말을 듣는 순간 머리가 새하얘졌다. 미미는 내 표정 변화에도 아랑곳않고 위아래로 나를 훑어보았다. 나는 친오빠가 떠넘긴 털이 복슬복슬한 갈색 후드티에 검정색 스트레이트 진, 그리고 회색 스니커즈를 신고 있었다. 그녀는 그중 후드 모자를 내게 푹 뒤집어씌웠다.

"이 정도면 괜찮겠구나. 얘야, 그만 올라가자꾸나."

괜찮아? 뭐가? 현실 자각을 할 새도 없이 주름이 패인 미미의 손이 나를 획 잡아당겼다. 아무리 생각해도 그녀는 평범한 70대 노인과는 거리가 멀었다.

계단은 좁았고, 한 걸음 뒤에 있는 노인은 전혀 내게 길을 내어 줄 것 같지 않았다. 나는 식은땀을 흘리며 계피와 귤 향이 스민 계단을 한 걸음씩 걸어 올라갔다. 낡은 계단은 밟을 때마다 삐거덕거리는 소리가 났다. 묘하게 공포 영화가 떠오르는 소리였다. 저절로 침이 삼켜졌다.

계단의 끝까지 올라가니, 비스듬한 지붕 아래 다락 같은 2층이 나타났다. 그곳에는 책 꾸러미가 여기저기 놓여 있었다. 하나뿐인 창문에는 연녹색과 크림색의 커튼이 쳐져 있었고, 마룻바닥의 중앙에는 파인애플과 꽃이 그려진 흰색 식탁보가 덮인 커다란 원탁이 있었다. 그리고 식당 의자처럼 보이는 여덟 개의 의자가 원탁 주변에 쪼르륵 모여 있었다. 네 석은 공석, 네 석에는 모임의 참석자들이 앉아 있었다. 나는 그 이상한 독서 모임 회원들의 호기심 어린 시선을 맞닥뜨렸다. 그들 중 누군가가 빠르게 물었다.

"미미, 이 아이예요?"

"그래. 포섭하는 데 조금 시간이 걸렸지만, 결국은 넘어왔단다."

각각 야구 모자, 노란 스냅백, 중절모, 그리고 얼굴을 몽땅 가린 선바이저를 쓴 그들은 나를 보며 고개를 까닥해 보이더니, 빈자리 네 개 중 하나를 가리켰다. 미미를 돌아보자 그녀는 무표정하게 고개를 끄덕였다. 나는 홀린 듯이 빨간 야구 모자가 권한 자리에 앉았다. 가까이에서 본 야구 모자는 중단발을 한, 20대 중후반 정도로 보이는 평범한 인상의 여자였다.

"안녕, 환영해."

"……."

"아, 완전히 얼었네."

야구 모자 반대편, 그러니까 내 옆자리에 앉아 있던 중절모를 쓴 남자가 친절하게 제비꽃이 그려진 찻잔을 밀어 주었다.

"그건 뚜벅이 건데! 그, 그 자리도 뚜벅이 거, 거고."

"됐어요, 킬로. 뚜벅이는 오늘 안 왔잖아요."

내 왼쪽 정면에 노란 스냅백을 쓴 마르고 흰 남자아이가 뚱하게 말하자, 부드러운 표정의 중절모가 가볍게 타박했다. 빨간 모자가 작게 구시렁댔다.

"누가 영혼의 소울메이트 아니랄까 봐. 그래도 어쩔 수 없어. 이 친구야말로 지금 온기가 필요하다고."

"이코, 영혼의 소울메이트는 의미가 중첩되어 틀린 표현이에요."

중절모가 친절하게 첨언했으나, 아랑곳않고 빨간 모자는 빈 찻잔에 유리 포트로 차를 따라 주었다. 계피와 귤 향이 가득 퍼졌다.

"다들 여기서…… 뭐 하는 거죠?"

"독서 모임. 미미한테 못 들었어?"

"……"

듣긴 했지만, 이 구성은 평범한 독서 모임이라고 하기에는 좀 무리가 있는 것 같았다. 일단 한마디 말도 하지 않고 앉아 있는 선바이저 여자가 굉장히 신경 쓰였다. 그 여자는 마치 무생물처럼 팔짱을 끼고 앉아서 이쪽도 저쪽도 아닌 어딘가를 보고 있는 듯했다.

"마셔 봐, 기분이 좋아질 거야. 미미의 동생이 제주도에서 귤 농사를 지어서, 이 귤차에 들어간 귤은 최상품이래."

나는 찻잔에 입술만 가져다 댔다. 수상한 사람들이 모여 있는 오래된 책방 2층에서 혹시라도 무슨 짓을 당할까 싶어서였다. 그러나 나의 이런 경계가 무색하게도, 네 사람은 모두 차를 홀짝였다. 뒤를 돌아보자, 어느새 미미 할머니는 내려가고 없었다.

"일단 새 멤버가 들어왔으니 간단하게 자기소개를 하자."

"트, 틀에 박힌, 진행."

빨간 야구 모자의 말에 킬로라고 불리는 노란 스냅백이 다시 시비를 걸었다.

"좀 닥칠래?"

빨간 야구 모자가 노려보며 상냥하게 말했다. 잠시 정적이 흘렀다. 왼쪽에 앉아 있던 중절모가 먼저 자기소개를 했다.

"전 망치예요."

망치?

'망치'라고 스스로를 소개한 남자는 누가 봐도 관리가 잘 된 눈썹, 부드러운 인상을 주는 갈색 눈동자를 가지고 있었다. 나이는 삼십 대 중후반 정도일까? 그는 딱 봐도 비싸 보이는 넥타이에 핀까지 하고 있었다.

그런데 '망치'라니? 그게 이름이라고? 아님, 어떤 상성인가? 술 임말?

"쿠키입니다."

아무 말도 하지 않던 선바이저 여자가 말했다. 회색 트레이닝복을 입은 그녀는 여전히 손끝 하나 움직이지 않았다.

"킬로."

마르고 흰 피부의 남자아이가 말했다. 그는 여전히 뚱한 표정으로 내 앞에 놓인 '소울메이트'라는 뚜벅이의 잔을 노려보고 있었다. 마지막으로 내게 가장 친절하게 굴던 빨간 모자가 말했다.

"나는 이코야."

정면에 앉은 노란 스냅백을 쓴 킬로가 나를 향해 입모양으로만 벙긋거렸다. 사이코. 별로 알고 싶지 않은 속뜻을 알아 버린 나는 애써 평온한 표정을 유지하며, 이코라는 여자의 말을 경청하는 척했다.

"자, 이쯤이면 눈치챘지? 우리는 코드 네임으로 서로를 불러. 너도 하나 정해야 하는데⋯⋯ 별명 하나쯤은 있겠지?"

코드 네임? 닉네임으로 불리는 어느 카페 체인점의 파트너와 고객들이 떠올랐다.

"그런 것 없는데요⋯⋯."

별명은 애정 또는 경멸을 기반으로 만들어진다. 두 가지 모두 내겐 흔한 것이 아니었다.

"그럼 베어는 어때? 곰 같은 갈색 털 후드를 입고 있잖아."

"뭐 때문에 별명이 필요한 거죠? 전 앞의 고등학교 2학⋯⋯."

"그만!"

선바이저를 턱 끝까지 내린 트레이닝복 차림의 쿠키가 원탁을 쿵 내리쳤다.

"말하지 마십쇼!"

"그래, 이건 규칙이야. 여기선 네 신상에 대해서 일절 말하면 안 돼."

친절하던 이코의 얼굴에서도 약간의 냉랭함이 감돌았다.

"오늘은 베어로 합시다. 임시로 그렇게 부를게요. 베어, 괜찮겠지요?"

중절모를 쓴 망치 역시 어딘가 딱딱한 목소리로 그렇게 말하자, 나는 고개를 끄덕일 수밖에 없었다. 어느새 따듯한 감귤과 계피 향은 싹 사라지고 없었다.

"그럼 베어, 우리 'AA 모임'에서 가장 중요한 규칙 하나를 알려드리겠습니다."

"……아, 예."

중절모를 쓴 망치가 제법 엄숙하게 말했다.

"이 모임에서 나눈 '프로젝트 이야기'는 멤버 이외 사람에게는 절대 비밀입니다."

"……"

"물론 말해 봤자 아무도 믿지 않겠지만요."

이게 무슨 판타지 소설 같은 전개람. 등에 땀띠가 날 것 같았지만, 나는 숨 막히는 분위기에 다시 고개를 끄덕이고 말았다.

망치의 표정이 다시 부드럽게 풀어졌다.

"결석은 두 명인가? 그럼, 이번 달의 성과에 대해 먼저 이야기해 봅시다. 9월 셋째 주 발표자는 누구였죠?"

"접니다."

까만 선바이저를 쓴 쿠키가 손을 들었다. 그때, 나는 그 사람의 목소리가 어딘가 익숙하다고 생각했다.

"지난달 목표는 저희 매장을 방문한 스물네 명의 단골 고객에 게 '입 냄새 유발 다쿠아즈'를 백 개 증정하는 것이었습니다."

"목표는 달성했나요?"

"단골 스물네 명 모두가 평균 4.87번 방문하여, 총 117개의 과 자를 증정하는 데 성공했습니다."

잠시 나지막한 박수 소리가 다락방을 채웠다.

"목표치 초과군요. 수고하셨습니다."

망치가 잘했다는 표정으로 고개를 끄덕였다. 남은 두 사람도 마 찬가지였다.

"입 냄새 유발 다쿠아즈?"

알아듣지 못한 사람은 나뿐이었다.

"신입, 한번 먹어 보겠습니까?"

쿠키가 주머니에서 비닐 포장된 과자 하나를 꺼내 전달했다. 먹 기 아까울 정도로 예쁜 색의 크림이 샌드된 과자였다.

"쿠키, 왜 같은 편한테 주고 그래요."

"뭐, 하나 정도는 괜찮잖아, 하나 정도는."

과자를 본 망치가 인상을 찌푸렸다. 이코는 무언가를 기대하는 표정이었다.

"여기에는 입 냄새를 유발하는 끔찍하게 구릿한 치즈가 첨가되어 있대. 아주 극소량."

"취두부와 두리안보다 더 독한 향이 나는 벨기에의 림버거 치즈가 소량 첨가되어 있습니다. 조금씩 늘려 나갈 생각이지만, 지금은 아마 0.01퍼센트 정도 됩니다. 꾸준히 복용하면 후각을 잃게 될 수 있다고 합니다."

"……."

나는 이코를 거쳐 전달받은 과자를 식탁에 떨어트렸다.

"뭐라구…… 지금 미쳤어요?"

그렇게 말하자 이코가 피식 웃었다.

"너 사지도 않을 문제집에 빨간 줄을 그어 놓았다면서?"

"그걸 어떻게……."

"너에 대한 건 미미한테 몽땅 들었어. 네가 왜 여기에 오게 되었다고 생각해?"

"……."

'내가 그걸 이떻게 알아? 밍힐 서짐 할머니가 나를 협박했고, 노서부 선생이 거기에 손발을 맞춰서 함정에 빠진 것뿐인데!'

머릿속에서 말들이 웅웅 울렸다. 후각을 잃게 될지도 모르는 쿠키를 사람들에게 무료로 나눠 준다고?

나는 그 말에 박수와 감탄을 보내던 나머지 세 사람의 표정을 떠올렸다.

'이 사람들 정상이 아니야……'

"베어 양, 우리는 당신과 같은 사람들입니다."

중절모를 고쳐 쓰며 망치가 말했다.

"베어 양도 분명 우리랑 같은 부류라고 생각하는데요. 미미 님은 실수할 분이 아니니까요."

"그래, 미미는 실수할 사람이 아니지. 너는 우리 일원에 딱 들어맞는 성향을 지녔기 때문에 이곳에 초대받은 거라고."

"무슨 소릴 하는 거죠? 문제집에 줄을 긋긴 했지만 난 모범생이고, 그 이상의 나쁜 짓은 하지 않았어요!"

급하게 자기변호를 하느라 목소리가 커졌다. 망치와 이코가 실망한 눈빛으로 나를 바라보았다. 그때 쿠키가 말했다.

"저도 마찬가집니다. 밀가루 한 포대에 그저 한 줌의 벨기에산 치즈를 갈아 넣었을 뿐입니다. 그게 무슨 문제입니까?"

역시 들어 본 목소리였다. 선바이저 뒤에 있는 건 분명 아는 얼굴임이 틀림없다.

"신입도 이 사회에 불만이 있지 않습니까? 이 세상이 망해 버렸으면, 하고 바라는 순간이 있지 않았습니까?"

"······."

"나와 신입의 차이는 이겁니다. 계획적으로 차근차근, 세상이 망하도록 노력을 기울이는 자와 그냥 분노를 무기력하게 여기저기 흩트려 놓는 자."

"······."

"당신은 결국 문제집 테러 외에는 아무것도 하지 못하는 꼬맹이로 남겠지요. 나중에는 빨간 펜으로 상사의 이름이나 쓰는 그런 소심하고 좀스러운 어른으로 진화하겠고······."

떵. 망치로 맞은 듯 머리가 어지러웠다. 분명 감귤차에 뭔가를 넣은 게 분명하다.

"그에 비해 전 29년 뒤에는 반드시 미식가들의 콧구멍을 멸망시킬 겁니다."

쾅! 다시금 쿠키가 주먹으로 원탁을 쳤다. 찻잔이 달그락거리며 몸을 떨었다. 나는 그제야 이 모임의 진짜 정체가 무엇인지를 깨달을 수 있었다.

"베어 양도 망해 버렸으면 하고 바라는 것이 있지 않나요?"

망치가 부드럽게 말했다. 그는 여전히 옆집의 미남 아저씨처럼 보이는 따뜻한 미소로 말을 이었다.

"그게 무엇이든 우리는 서로를 동료로서 지지할 거랍니다."

"······."

"베어 양이 여기에 털어놓기만 한다면."

그 말이 끝나자 망치, 이코, 킬로의 눈길이 나로 향했다. 선바이저 때문에 보이지는 않지만, 분명히 쿠키의 눈도 나를 향하고 있을 것이다.

'이 미친놈들…… 무슨 소릴 하고 있는 거야?'

덮어쓴 후드 안에서 귓가로 땀이 줄줄 흘러내렸다.

∗

"너! 논술!"

아직 정신이 혼미한 상태로 집에 들어간 것이 문제였다. 엄마의 분노에 아무 대비도 하지 못했기 때문이다.

"한 달에 얼마를 그 학원에 붓고 있는지 알기나 해!"

빠아아앙!

아침 등굣길에 졸며 건널목을 건너는 내게 경적을 울리던 버스 소리가 딱 저랬는데.

"너! 도대체 지금까지 어디서 뭘 하고 온 거야!"

격노한 엄마의 얼굴을 보면서도 그렇게 불쾌하지 않은 것은 아마 오후 2시의 그 이상한 모임 여파 때문일 것이다.

"이번에 국어도 한 개나 틀렸다면서! 요새 취업 어떤지 모르니? 차라리 이럴 거면 대학 가지 말고 공장에서 일이나 해!"

으으, 침. 나는 차분하게 얼굴에 튄 엄마의 침을 닦아 내렸다.

"도서부 선생님이 이번 주에 봉사활동 하면 생기부에 좋게 써 준대서 그거 하고 온 거거든?"

"……응?"

"말 그대로야. 이번 주에만 할 수 있는 봉사활동이 급하게 있었 다고."

"그럼 그렇게 말을 하지, 얘는! 논술 샘이 걱정하시던데!"

"선생님한테도 오는 길에 말했다구."

그래도 엄마 덕분에 어느 외계별에 있던 정신이 지구로 돌아온 기분이었다.

"그럼 씻고 밥 먹어. 네 오빠 온대서 소갈비 해 놨으니까."

"나 소 안 먹는 거 몰라?"

"누굴 닮아서 이렇게 까탈스러워! 너 힌두교니? 논술학원도 빼 먹은 주제에 아무거나 먹지!"

또다시 퍼부어 대려는 엄마를 피해 방으로 피신하면서, 나는 다 시금 망치의 말을 떠올리지 않을 수가 없었다.

'베어 양도 망해 버렸으면 하고 바라는 것이 있지 않나요?'

망해 버렸으면 하는 거.

나는 천천히 고개를 돌려 창밖을 내다보았다. 11층 아파트 아래 저 멀리에, 예전에 살았던 집을 닮은 키 작은 아파트 단지와 연립 주택들이 빼곡히 들어서 있다.

'당신도 불만이 있지 않습니까? 이 세상이 망해 버렸으면, 하고

바라는 순간이 있었을 텐데요.'

그런 순간이야 수도 없이 많았다. 최근에는 고등학교 첫 시험에서 전교 15등을 했을 때였나. 하지만 전교 3등인 지금은…….

'굳이 지금 세상이 망하지 않아도 괜찮다고…….'

먹지도 않는 소갈비찜 냄새가 풍겨 오는 것을 느끼며 생각이 무의식적으로 이어졌다.

'그나저나 최은성 따위 집에 안 오면 좋을 텐데.'

전교 1등이었던 중학교 2학년 때까지 엄마는 소갈비는커녕 소불고기도 하지 않았다. 나는 우리 집의 아이돌이었다.

오빠가 정말로 아이돌이 되기 전까지는 말이다.

"어머어! 우리 대스타 왔니이?"

젠장.

"이건 네 거."

얼굴에 멜라닌이라고는 눈동자와 눈썹 이외에 전혀 남지 않은 듯, 밀가루떡 같은 피부가 된 최은성은 다짜고짜 금장 로고의 종이 쇼핑백을 내게 안겼다.

"……."

"그리고 이런 건 좀 버려. 요새 이런 디자인을 누가 메냐."

최은성이 방문 앞에 널브러져 있는 내 가방을 발로 툭툭 차며 말했다.

"아직은 쓸 만한데……."

"버리라면 버려. 이런 거 쓰다가 왕따 당한다."

최은성의 말에 엄마가 요란한 제스처로 끼어들었다.

"어휴! 우리 딸, 너무 좋겠다. 이거 비싼 거 아니니? 저기 백 미터 뒤에서 봐도 명품이네!"

그러니까 안 되는 거라고. 나는 속으로 한숨을 내쉬었다.

나 같은 애가 이런 걸 하고 다니면 하루 만에 일진 애들에게 찍히거나, 더 최악으로 최은성 동생 아니냐며 소문이 퍼질지도 모른다. 중학생 때도 최은성이 자기 이니셜을 새긴 리미티드 제품을 나한테 넘겨서 소문이 일파만파였다. 급기야 최은성이 학생 팬과 사귄다는 소문이 돌면서, 나는 결국 전학을 갈 수밖에 없었다.

'이봐, 난 고독한 늑대로 살 거야. 그냥 모범생으로서 고요하고 평안하게, 너와 철저히 분리되어서 살고 싶단 말이야! 이런 건 너나 가지라고!'

나는 어느새 속으로 엄마처럼 포효를 내지르고 있었다. 피는 물보다 진하다더니.

"디자인이 너무 화려한데……."

하지만 최대한 작은 소리로 중얼거리는 게 나의 현실이었다.

생각해 보면 나는 최은성에게 반항해 본 적이 거의 없다. 딱 한 번을 제외하고 최은성이 내 오래된 물건을 마음대로 버려도, 그리고 마음에 안 드는 물건을 덥석덥석 안겨 줘도, 내 최선은 그저 구시렁거리는 것뿐이었다.

우리 집의 최고 권력자, 최은성.

진짜 싫다.

"화려하니까 좋은 거잖아."

"아니, 좋은데…… 다 좋은데, 너무 비싼 거 아닌가 싶기도 하고."

"누가 너더러 돈 걱정하라 그런 것도 아니고…… 내 성의니까 그냥 모르는 척 좀 받아라."

"……."

"그럼 은성아, 내가 하자. 그래도 되지?"

"엄마는 코트 줬잖아요. 이건 애 주려고 가져온 건데. 야, 이거 되게 비싸. 백화점에서 대기 걸면 한 달은 기다려야 할걸?"

"……알겠어, 줘."

그래, 어쩌면 나중에 중고 마켓에 팔아 먹을 수 있을지도 몰라. 나는 엄마가 노리는 모노그램 패턴 가방을 낚아챘다.

띠로롱.

[미미 : 다음 주까지 과제.]

[미미 : 개인별 AA 프로젝트의 타깃 설정하기.]

하지만 그 때문에 휴대폰에 뜬 메시지를 사수하지 못했다. 망할 최은성은 내 폰을 들여다보더니 고개를 흔들며 말했다.

"AA 프로젝트가 뭐야?"

"……있어, 그런 거."

"너는 어떻게 나보다 더 바쁜 것 같냐. 엄마, 애 학원 좀 줄여야 하는 거 아니에요?"

"내가 도의상 관리만 하는 거지, 다 얘가 다닌다고 한 학원이야."

나는 황급히 폰을 뺏어 들었다. 이 집에서 나만 사생활 없고, 나만 취향 없고, 나만 감정 없고, 나만 존재감 없지.

"밥 먹자, 아들. 그리고 너두 징징대지 말고 먹어. 고기를 싫어하니까 자꾸 빈혈이 오는 거 아니야!"

"난 소고기만 싫어한다고…….."

두 사람이 다이닝 룸으로 향했다. 휴대폰에 뜬 메시지를 다시 확인하자 한숨이 절로 나왔다.

'개인별 AA 프로젝트의 타깃 설정하기.'

미미 책방 2층 독서 모임의 정식 명칭은 오래된 액션 영화나 무협지에나 나올 것 같은 이름이었다. 익명의 복수자들(Anymous Avengers). 두 글자로 줄여서 AA.

나는 소갈비를 뜯고 있는 최은성의 등을 노려봤다.

'그래, 미미는 실수할 사람이 아니지. 너는 우리 일원에 딱 들어맞는 성향을 가졌기 때문에 이곳에 초대받은 거라고.'

이코의 말이 귓가에 울렸다.

"뭐 해! 빨리 식탁으로 안 왓!"

그런데 미미 할머니는 우리 엄마부터 끌어들여야 했던 걸지도
몰라.

집과 바깥 세상 모두의 아이돌 최은성은 갈비 한 솥을 모두 해
치우고, 가져온 종이 쇼핑백을 모두 집에 남긴 뒤 가벼운 손으로
일어섰다.

"이거 잘 입고 다니나 보다?"

본인이 떠넘긴 갈색 후드티를 뿌듯한 듯 바라보는 오빠를 보다
가, 나는 아직 주머니에 다쿠아즈가 들어 있다는 것을 깨달았다.

"이따 가면서 먹어. 출출할 테니까."

"이런 거 엄마 먹지. 굳이 고생을 사서 해."

"그래도 과자 같은 건 못 먹을 거잖아."

엄마가 집에서 만든 말린 감과 고구마를 한 봉지씩 가져와 오빠
의 빈손을 다시 가득 채워 주었다.

'저런 게 냉장고에 있었나?'

감 말랭이가 내 최애 간식이든 아니든 간에, 최적의 타이밍은
지금이었다. 내 주머니에는 후각 상실 다쿠아즈가 여전히 들어 있
다. 림버거인가 림버튼가 하는 치즈가 0.01퍼센트 들어 있다는.

"그러면 갈게! 나오지 마."

"그래 잘 가, 아들. 자주 오렴……."

엄마가 눈물을 훌쩍거렸다. 그 꼴을 보자 손에 힘이 들어갔지만,

주머니 속의 과자를 내밀 용기까지는 여전히 생기지 않았다.

"잘 가."

"그래, 다음에 봐. 그리고 넌 가방 꼭 하고 다녀!"

그렇게 밀가루떡 같은 오빠는 떠났다. 엄마는 눈물을 훌쩍이며, 떼돈을 벌어 오는 오빠에 대한 사랑을 과격하게 표현했다.

"썩을 놈들, 애를 어떻게 굴리길래 애가 살이 쪽 빠져서 해골이 다 됐네. 개뼈다귀 같은 것들, 내 새끼를 여기저기 얼마나 굴려 댔으면 얼굴이 창백해져서……."

방으로 돌아와도 엄마의 한탄과 저주의 목소리는 끝나지 않았다. 마음의 바닥부터 우울감이 천천히 차올랐다.

'너는 우리 일원에 딱 들어맞는 성향을 지녔기 때문에 이곳에 초대받은 거라고.'

다시금 이코의 말이 귓가에 울렸다.

"성향이 같으면 뭘 해, 실행할 용기가 없는걸."

나는 입 냄새 유발 다쿠아즈를 그대로 방 안 휴지통에 집어 던졌다.

인류 발전에 코딱지만큼도
기여하지 않는 법

비터스위트 브레드. 교문 앞 왼쪽 두 번째 골목에 있는 유명한 제과점이다. 언젠가 SNS에서 난리가 났던 개인 베이커리 가게로, 이 동네 애들은 다 이 집 빵을 먹고 자랐다. 나는 가게의 스윙 도어를 가슴으로 밀어 열었다. 미닫이문의 경첩은 낡아서 흔들릴 때마다 삐거덕 소리가 났다. 불현듯 미미 책방으로 올라가는 2층 계단이 떠올랐다.

"어서 오십시오, 손님."

태닝한 피부의 빵집 주인이 입술 끝을 거의 뺨 정중앙까지 말아 올리고 활짝 웃었다.

"식빵 종류가 방금 나와서 따끈따끈합니다. 오늘은 바게트를 사시면 생크림과 올리브 오일을 무료로 드리고 있습니다."

선바이저.

그녀의 목소리가 확실했다. 30대 초중반으로 보이는 여자는 귀밑머리 하나, 이마에 흘러내린 잔머리 하나 없이 꽁꽁 묶은 머리카락을 캡 모자에 눌러 가리고 있었다.

바닥에도 선반에도 먼지 한 톨 없는 개인 빵집. 나는 구청에서 준 '올해의 위생 우수 업소' 표창이 걸려 있는 벽을 물끄러미 바라보았다. 작년, 재작년, 재재작년……

"저기요."

"네, 손님."

"다쿠아즈는 안 파나요?"

여자, 아니 쿠키가 이를 악물었다.

"네, 손님. 오늘은 시식용 다쿠아즈가 다 나갔습니다."

"벌써요?"

"네, 손님. 과자류를 원하시면 이쪽 마카롱이……."

"쿠키."

"……."

"오트밀 쿠키가 낫겠어요."

그쯤 되자, 여태까지는 선바이저 뒤에 숨어 있었을 표정이 드러났다.

"느므 응읍즁에 와스 므하는근데(남의 영업장에 와서 뭐하는건데)……."

"어차피 손님도 없잖아요. 쿠키, 나랑 얘기 좀 해요."

"손님, 쿠키는 이쪽에 진열되어 있습니다. 마카다미아부터 오레오까지……."

"난 언니가 준 과자, 남한테 못 주겠어요."

"……."

"그 인간 진짜로 꼴 보기 싫어서 먹이려고 했는데."

그때 쿠키가 눈을 반짝이며 시선을 맞춰 왔다.

'형광색을 좋아하나?'

몇 년을 이 집 단골이었는데 여태 몰랐네. 나는 그녀의 민트색 아이새도를 보며 또박또박 말을 이었다.

"아무래도 전 안 되겠어요. 어차피 미미 할머니도 한 번만 오면 된다고 했으니까, 다음 주부터 참석하지 않을래요."

"……미미한테 직접 말하십쇼."

미미한테 불참 의사를 전달해 봤자, 그녀는 무슨 수를 써서든 다음 주에도 내가 그 삐거덕거리는 서점 계단을 밟게 하겠지. 그 정도의 눈치는 있다. 아무리 모범생이라도 말이다.

"쿠키가 좀 전해 줘요."

나는 선바이저에 가려졌던 그녀의 크고 반짝거리는 눈동자를 똑바로 마주 보며 말했다. 매일은 아니지만 꽤 왔던 단골, 그리고 '나는 당신을 알고 있다'는 은은한 협박이 먹힐 상대. 그래서 나는 그녀를 찾아온 것이다.

"대신에 밤 식빵 두 개 사 갈게요."

나는 매대에 있던 식빵 두 봉지를 집어 들었다. 쿠키의 살벌하던 표정은 어느새 서비스직 특유의 미소로 바뀌어 있었다.

"네, 손님. 모두 합쳐서 9천6백 원입니다. 맛있는 하루 되세요."

쿠키가 말의 내용과는 어울리지 않는 딱딱한 말투로 말했다. 나는 아랑곳 않고 갓 만들어 따끈따끈한 밤 식빵 두 봉지를 품에 안고 밖으로 나왔다.

기묘했던 고등학교 2학년 가을의 일탈도 이걸로 마무리다. 다시는 빨간 볼펜을 쓰지 않으리라 다짐하며 어제 빠졌던 논술학원으로 발걸음을 옮겼다.

＊

가을은 엄마가 말하는 '데치다' 같은 계절이다. 뜨거운 물에 담갔다 빼기만 하면 되는 조리법처럼 금방 끝나 버린다. 나는 갈색 털 후드의 지퍼를 목 끝까지 올렸다.

"거기 너, 안 뛰어?"

교문 저편에서 도깨비 같은 낯을 한 수학 샘이 나에게 쩌렁쩌렁 고함을 질렀다. 나는 뛰는 것처럼 빨리 걸었다. 교실에 일찍 들어가 봤자 좋을 것 하나 없었다.

"이 녀석이!"

"안녕하세요, 선생님!"

나는 꾸벅 인사를 하며 교문을 통과했다. 바로 등 뒤에서 문이 닫혔다. 수학 샘은 내 얼굴을 알았다. 교문 밖에서는 전혀 쓸모없는 모범생 딱지가 유일하게 빛을 발할 때는 이럴 때였다.

"일찍 일찍 좀 다녀라."

"죄송합니다, 선생님……."

그렇게 말하는 것으로 끝이었다. 선생님은 어깨를 으쓱하더니 헐레벌떡 뛰어 오고 있는 다른 학우들 쪽으로 시선을 옮겼다.

서울에 있는 수많은 사립 학교들처럼 우리 학교 역시 낡아 빠지기 이를 데 없었다. 오히려 공립이 시설이 더 나을지도 몰랐다.

어딘가 퀴퀴한 냄새가 나는 복도를 지나 반으로 향했다. 2-4. 나는 이 푯말이 싫었다. 뒷문을 열고 들어가면 항상 익숙하고 지겨운 풍경이 펼쳐져 있다. 누군가의 시선이 이쪽을 향했다가, 금세 내 얼굴에 닿고는 사라진다.

나는 친구가 없다. 왜? 필요하지 않으니까 없는 것이다.

띠로롱.

[미미 : 다음 주 선정도서는 보르헤스, 『불한당들의 세계사』.]

이 할머니, 아직 쿠키한테 얘기를 듣지 못했나 보다. 그때 누군가가 내 어깨를 툭 쳤다.

"야, 만 5천 원이야."

"뭐가?"

"학급비. 너만 안 냈어."

학급비를 만 5천 원이나 내기로 했던가? 나는 내 앞 학우의 이름표를 읽었다. 아마도 반장이었지.

"명경아, 미안한데 나 지금 만 5천 원 없어."

"언제 줄 건데?"

"용돈 받으면 줄게."

"그게 언젠데?"

나는 웃음으로 대답을 피하며 되물었다.

"하하…… 근데 그 돈 걷어서 뭐 하는 거야?"

"야! 그냥 정했으면 내, 좀. 매번 반 행사에 참여도 안 하면서 돈도 안 내면 우리 반에 왜 있는 건데?"

'으음…… 반 행사에 참여도 안 하는데 학급비는 왜 내야 되는 건지 모르겠어'라고 솔직하게 말하면 아마도 이 반 애들을 다 적으로 돌리게 되겠지.

"알았어, 내일 줄게. 화내지 마."

"내가 언제 화를 냈다고 그래? 너 지금 나 나쁜 년 만드냐?"

나는 이런 상황이라면 딱 질색이었다.

"아, 참! 도서관에 빌린 책 갖다 줘야 하는데."

"뭐?"

"미안, 명경아. 다음에 얘기하자."

발언기를 하면서 시렁에서 책을 꺼내, 들어왔던 문으로 다시 나왔다. 감정이 실리지도 않았는데 바람 때문에 미닫이 문이 쾅 하고 닫혔다.

'어차피 도서부 샘한테 봉사 시간 인정도 확인해야 하니까.'

나는 단순하게 생각하며 도서관으로 발걸음을 옮겼다. 고2, 빡세게 공부에 매진해야 할 의무만 이해할 뿐, 열여덟의 여린 집단적 감수성은 전혀 이해하지 못한 채로 말이다.

"네?"

"못 들었어? 서양 근대사상가 연표, 오늘까지 제출하라고 말했을 텐데."

윤리 샘이 나를 보며 의아하다는 표정을 지었다. 분명 반 톡방에도, 칠판에도, 윤리 과제 공지라고는 한 줄도 쓰여 있지 않았다.

"못 들었는데요……."

"어휴. 공부만 잘 하면 뭐 하니, 칠칠맞게."

"……."

"내일 오전까지 선생님 자리에다 가져다 놔. 그래도 점수는 깎을 거야."

"알겠습니다."

고개를 숙이면서 말아쥔 주먹에 손이 들어갔다. 윤리를 배우면서 나한테만 공지를 빼먹어? 수행평가 감점이라 이거지?

내가 반으로 돌아오자 예상대로 분위기는 얼음처럼 싸해졌다. 게다가 의자에 걸쳐 놓은 플리스 주머니에서는 젖은 휴지가 나왔다. 곰처럼 둔한 나는 그제야 분명히 인지했다.

'이건 내가 넣어 놓은 게 아닌데.'

어이가 없을 따름이었다. 교우관계란 살, 학생의 본분인 학업은 뼈. 고3 생활이 끝날 때까지 어떻게든 뼈만 쥐고 있으면 되는 것 아니었나? 예로부터 성적 우수 모범생은 학급 내 알력에는 논외 아니었느냐 이거다. 얼마 전 내 지갑에서 만 5천 원을 가져간 고명경은 굳게 정면만을 바라보고 있었다.

'하지만 우리 반에는 나 말고도……'

나는 왼쪽 분단 맨 끝자리를 바라보았다. 그 자리는 비어 있었다. 항상 어두침침한 얼굴로 웅크려 누워 있던 아이의 자리였다. 야만적 학급 문화의 피해자, 우리 반 공식 분풀이 대상이 바로 그 애였다.

'오늘 안 나왔나?'라고 생각할 때였다.

"야, 그거 알아?"

"뭔데?"

"양주홍 요새 배달한대. 1반 애가 어제 치킨 시켰는데 걔가 들고 왔더래."

"와…… 어울리네. 걔한테 딱이다, 배달."

"자퇴하고 뭐 하나 했더니……."

그 애가 자퇴했다니, 지금 알았다.

'절망적이군……'

친구 하나 없는 반.

모두의 샌드백이 사라진 야만의 집단.

공부만 죽어라 파며, 별일 없이 조용히 지나가길 희망했던 나날이 주마등처럼 스쳐 지나갔다.

여전히 이쪽을 보지 않는, 학급 반장 고명경의 뒤통수를 가만히 응시했다.

'쟤도 생기부에 학폭위 열린 기록을 적고 싶진 않을 거야…….'

그녀 역시 어쨌든 간에 모범생의 일종이었다.

'뭐, 이러다가 말겠지.'

나는 코웃음을 치며 젖은 휴지를 쓰레기통에 던져 버렸다.

＊

"뭐 하니?"

"보면 몰라요?"

토요일 오후, 정확하게는 12시 19분. 나는 미미 책방 C코너 종교란에 죽치고 앉아서, 집히는 책을 아무거나 쥐고 '명'과 '경'이라는 단어마다 플러스펜으로 빨간 선을 죽죽 그어 댔다.

"다음 모임에 안 나온다고 했다면서."

"구실 만들고 있잖아요."

"이런 구실 안 만들어도 오늘 오후 2시에 찾아오면 됐을 텐데."

"엄마한테 전화로 좀 말해 줘요. 귀댁 자녀가 책을 못 쓰게 만들고 있으니 오늘 오후 2시에 논술학원 대신 이 서점에서 몸으로 때워야 할 거라구요."

미미 할머니는 들쭉날쭉 잘린 내 앞머리를 쭉 잡아당겼다.

"이건 요새 유행하는 거니?"

"그래 보여요?"

"엄마한테 전화하는 것보다는 미용실에 가는 게 낫겠구나."

"이렇게 하고 다니면 누군가는 알아줄 줄 알았어요."

"아직도 정신을 못 차렸구나. 사람들은 모두 나름의 일로 바쁘단다, 얘야."

나는 유일하게 고명경에게 잘린 머리카락을 알아봐 주는 어른, 미미를 올려다봤다.

"죽이고 싶어요."

"……."

"새벽 2시의 모임은 없나요? 오후 모임은 너무 답답해요. 일단 전 29년이나 기다릴 수 없다구요."

미미가 혀를 찼다.

"위로 올라가 있으려무나. 계속 네가 여기 있으면 팔아야 할 책을 다 못 쓰게 되겠어."

그녀는 내 어깨를 무시무시한 힘으로 돌려시는 2층의 계단 쪽으로 등을 떠밀었다.

"올라가 있으렴. 점심은 뭐라도 시켜 줄 테니까 말이야."

미미가 손을 내밀었다. 나는 마지못해 미미 할머니에게 빨간 플러스펜을 건네주었다.

"얘, 그리고 후드 쓰는 거 잊지 마렴."

도대체 얼굴 다 보이는데 무슨 의미가 있담.

지이이익, 지이이이이이익.

서점 2층 다락방에서 책을 묶을 때 쓰는 분홍색 노끈을 죽죽 찢으며 시간을 보냈다. 그러나 아무리 찢어도 기분은 나아지지 않았다. 가방 안에 여분의 빨간 펜이 없나 하고 뒤지고 있을 때, 삐거덕삐거덕 소리를 내며 누군가가 올라왔다.

'아직 1시 5분인데?'

마룻바닥 위로 솟은 머리가 조금씩 올라오며 커지더니, 이윽고 몸 전체가 보였다. 그 애는 파란색 비니를 눈까지 푹 눌러 쓰고, 도시락 전문점 마크가 붙어 있는 비닐 봉투를 들고 있었다.

"……."

아무리 비니를 썼다 한들, 그리고 아무리 무심했다 한들, 그 애의 이름이 양주홍인지 양분홍인지 헷갈린다 한들, 그 애를 모르지는 않았다. 같은 반이었던 그 아이였다.

"……도시락 시키신 분?"

"네."

"2시 모임 오셨어요?"

"……그쪽도요?"

그 애는 대답하지 않고 내 앞머리를 유심히 바라보았다. 급히 후드를 뒤집어썼지만, 이미 눈치챈 듯했다. 같은 반에서 두 계절을 보냈지만, 말을 해 본 것은 이번이 처음이었다. 그 애는 입술을 짓씹더니 원탁에 비닐 봉투를 내려놓았다.

"네가 베어?"

"……아마도."

내 별명은 베어로 굳혀진 모양이다.

"오늘 안 온다고 했다면서."

얼굴도 모르면서 그런 건 어떻게 알고 있는 거지. 네트워크가 제법 철저하게 구축된 모양이다. 그 애의 말에 대답하지 않은 채, 비닐 봉투를 내 앞으로 끌어당겼다. 그녀는 가만히 서서 포장을 뜯는 나를 계속 바라보기만 했다.

"안 앉아?"

"거기가 내 자린데."

생각해 보니, 킬로라는 아이가 계속 소울메이트 자리라며 노려보던 자리가 이 자리였다.

"네가 뚜벅이 맞지?"

그녀는 대답 없이 원탁을 돌아 내 반대편 의자를 꺼내 앉았다.

"그 빵집 언니도 그렇고 너나 미미도 그렇고 왜 다 쓸데없이 코드 네임 따위를 쓰는 거야? 어차피 조금만 조사하면 다 나오는데."

제육볶음에서는 김이 모락모락 솟아나고 있었다. 소고기만 아니라면 뭐든 환영이었다. 나는 제육볶음에 들어 있는 길게 썬 당근을 고명경의 눈동자라고 생각하며 감정을 담아 쿡쿡 찔렀다.

"규칙이야."

뚜벅이가 대답했다.

"그러니까 그런 규칙이 왜 필요한데?"

"2시 모임의 멤버들은 다 규칙 밖에서는 살 수 없는 인간들이니까."

나는 양배추와 돼지고기를 우물거리면서 그녀를 바라보았다.

규칙 밖에서 살 수 없는 인간들.

말이 돼? 남을 망하게 하고 싶은 사람들의 모임이잖아?

"그거 고명경이지? 역시, 내가 없어지면 다음은 너일 거라고 생각하긴 했는데."

약간 어이없어진 나를 보며 뚜벅이가 내 이마를, 정확하게는 앞머리를 가리켰다. 다시금 분노가 차올랐다. 당근을 거의 짓뭉개듯 찌르는 것으로 대답을 대신했다.

"너는 고명경을 못 이겨. 나도 그랬고."

"왜?"

"그런 부류는 아주 쉽게 규칙을 어기거든. 우리랑 달리."

그 애는 장갑을 벗어 계속 콜이 울리고 있는 휴대폰의 전원을 껐다.

"날 때부터 차원이 다른 인종들이라고."

뚜벅이가 비니를 벗고 이마를 쓸어올렸다. 왼쪽 관자놀이에 담배로 지진 것 같은 동그란 자국이 눈에 들어오자, 입맛이 뚝 떨어졌다.

"여긴 그런 인종들에 대항하기 위해서 조직된 일종의 스터디 모임이야."

그 애가 손을 내밀었다.

"너는 나를 안 도와줬지만, 나는 너를 도와줄게."

정오의 햇빛이 다락방의 유일한 창으로 쏟아져 들어왔다. 그 애쪽만 새카맣게 역광이었다. 대나무 젓가락을 쥔 손으로, 나는 그 손을 맞잡았다.

"왜?"

"너도 이제 우리 멤버니까."

음침하고 어두운 여자애. 수학 시간이 아니면 왼쪽 창가 자리에서 잠만 자던, 이름도 헷갈리는 아이가 구원자 흉내를 내고 있다.

너도 그 애를 피해 자퇴한 주제에.

아무래도 새벽 2시의 모임을 따로 조직하거나 하지 않으면 여기가 도움이 될 일은 없을 것 같은데. 머릿속으로는 그런 불신이 줄줄 쏟아졌지만, 그 애의 손은 따뜻했다.

"뭐, 뭔데? 무슨 장면인데?"

언제 왔는지 노란 스냅백이 들고 있던 책을 바닥에 내던졌다. 킬로라고 했던가.

"아…… 안녕?"

"누나, 아니 뚜벅아, 왜, 왜 저 여자랑 손 자, 잡고 있는 건데?"

내 인사는 싹 무시한 채, 킬로는 내 옆을 순식간에 지나쳐 나와 뚜벅이의 손을 재빨리 끊어 놓았다.

"환영 인사한 거야."

"말로 하면 되, 되잖아! 어이없게, 무슨 악수야?"

뚜벅이가 쓱쓱 킬로의 머리카락을 쓰다듬자, 불퉁하던 킬로의 목소리가 금세 잦아들었다. 나는 가만히 앉아 다시금 제육볶음 도시락에 집중했다.

'둘이 사귀나.'

영혼의 소울메이트 어쩌고 했던 이코의 말이 떠올랐다. 나는 불쑥 그 애에게 물었다.

"이름이 킬로였지? 되게 안 어울리는데, 너도 누가 지어 준 거야?"

"1킬로바이트가…… 세, 세상을 바꿀 수도 있, 으니까."

"……킬로바이트? 혹시 파일 용량 말하는 거야?"

"응."

그것으로 킬로와의 대화는 끊겼다. 킬로는 아무렇지 않게 뚜벅이를 향해 돌아 앉았다.

"오늘 내가 제일, 처, 처음으로 누나한테, 인사하려고 했는데."

"상관없지, 뭐. 킬로봇은 잘 되어 가? 얼마나 진행됐는지 궁금한데."

"그거 저 여자 앞에서 마, 말해도 돼?"

"어차피 쟤도 멤버야."

"그래도 나, 난 2시 이후에 말할래. 게다가 오늘은 내가 보, 보고할 차례도 아냐."

"책은 읽었어?"

"아니. 방금 밑에서 사긴 해, 했는데."

킬로가 방금 패대기친 책을 다시 주워 먼지를 불었다. 나는 곧장 도시락을 양손으로 감쌌다.

"아무래도 미, 미미는 우리한테 책을 파, 팔아먹으려고 '독서 모임' 명칭을 붙, 붙인 것 같아."

킬로가 보르헤스의 『불한당들의 세계사』를 아무 곳이나 펼쳐 읽으며 중얼거렸다.

"아니야, 킬로. 이건 우리에게 필요한 공부라고."

뚜벅이가 킬로를 침착하게 타일렀다. 나는 부지런하게 젓가락질을 했고, 킬로는 일어나 창을 열었다. 1시 40분쯤 됐을 때, 티팟과 잔들을 가지고 미미가 올라왔다.

"오늘은 히비스커스차란다. 즐겁게 마시고 가려무나."

나는 빨간색 플러스펜 잉크를 탄 것 같은 히비스커스차를 한 모금 마셨다. 제육볶음의 냄새가 빠질 무렵, 의자 다섯 개가 채워졌다.

"오늘도 바우는 결석인가."

"이코, 바우는 3주 동안 못 온다고 들었어요."

멤버가 또 있어? 나는 여전히 익숙하지 않은 얼굴들을 둘러보았다. 여전히 선바이저를 깊게 눌러쓴 쿠키가 내게 손을 들어 보였다.

"안 온다더니 결국 왔습니까, 신입?"

"쿠키, 2주 차니까 신입이라고 하기는 그렇죠."

중절모를 쓴 망치가 내게 부드러운 눈인사를 건넸다. 이코는 고개를 끄덕였다.

"그러면 베어, 지난주에 안 왔던 녀석을 소개할게. 이쪽은 뚜벅이야."

"이, 이미 두 사람, 인사 했, 어어."

킬로가 못마땅하다는 듯 팔짱을 끼고 나를 삐딱하게 쳐다보며 말했다.

"그래? 잘됐네. 베어랑 뚜벅이가 아무래도 제일 나이가 비슷해 보여서 친해지면 좋겠다고 생각했거든."

"베어, 쿠키에게 들어서 불참하는 줄 알았는데 와 줘서 다행이에요."

오늘도 내 왼쪽에 앉은 망치가 나를 보며 가볍게 어깨를 두드렸다.

"그러면 베어, 과제는 생각해 왔나요?"

과제가 있었지, 참.

AA 프로젝트의 개인별 타깃 설정. 즉, '망하게 하고 싶은 놈'의 대상을 정하는 것이 저번 과제였다. 선바이저를 쓴 쿠키는 나를 바라보고 있는 것이 분명했다.

'29년 뒤에는 미식가들의 콧구멍을 멸망시킬 겁니다.'

왜 그녀는 미식가들을 멸종시키고 싶은 걸까? 그런 걸 물어보는 건 규칙을 어기는 걸까? 그런데, 이 모임의 규칙에 대해 내가 설명을 들은 적이 있던가? 갑자기 물음이 꼬리에 꼬리를 물고 이어졌으나, 나는 망치의 질문에 대답을 해야 했다.

"고등학교 2학년 한 반을 몽땅 망하게 하고 싶어요."

모두의 시선이 내게 모였다. 킬로의 시선이 가장 따가웠다.

"총 몇 명이지?"

이코가 진지하게 물었다.

"나 빼고 스물일곱 명이요."

그때 오른쪽 맞은편에서 뚜벅이가 나를 곧장 쳐다봤다.

"아니, 스물여섯 명이요."

"적당한 숫자네요, 베어."

망치가 턱을 괴며 말했다.

"그런데 문제가 있어요."

"무슨 문제?"

"두 달 안에 그 애들 전부의 인생을 망하게 하고 싶어요."

그러자 모두의 표정이 심각해졌다.

"너무 빠른데?"

하지만 화가 나 미쳐 버릴 것 같단 말이다. 두 달도 길다고.

쿠키가 손을 들어 발언했다.

"아직 신입, 아니 베어는 프로젝트 실행안도 나오지 않았는데 두 달은 무리입니다. 게다가 타깃이 스물여섯 명이나 되고."

쿠키가 그런 말을 하는 것도 이해가 갔다. 그녀는 무슨 이유인 지는 모르겠지만, 본인의 가게를 찾는 미식가들의 후각을 무려 29년에 걸쳐서 교란하고 싶어 했기 때문이다.

"그건 그래. 사지 않은 문제집에 빨간 줄을 긋는 정도의 담력만 으로는 불가능할 것 같은데…… 꼭 두 달이어야겠어? 한 20년, 아 니 적어도 8년이나 9년 정도는 어때?"

도대체 이 사람들 왜 이러는 거야. 나는 두 달 안에 고명경을 엿 먹여야 한다고! 그때 나의 구원자가 입을 열었다.

"제가 그 프로젝트에 공동 실행자로 참여할 계획이에요."

"어?"

"누나?"

"뚜벅 씨가요?"

모두의 시선이 탁구 게임처럼 나에게서 뚜벅이로 옮겨 갔다.

"두 명이 실행자로 있으면 조금 낫지 않겠어요?"

"하, 하지만, 누, 아니, 뚜벅이는 본인의 프, 프로젝트가……."

"내 프로젝트는 어차피 별로 에너지가 소모되는 것도 아니잖아."

뚜벅이가 어깨를 으쓱하자, 망치가 이맛살을 찌푸렸다. 이코만이 희미하게 미소를 지으며 뚜벅이에게 되물었다.

"뭐, 그렇긴 하지. 뚜벅아, 네 프로젝트가 정확히 뭐였지? 그냥 노는 거 정도는 알고 있는데."

"그냥 노는 게 아니라, 정확하게는 '사보타주'였습니다. 그녀가 가진 지식과 지혜를 어디에서도 절대 쓰지 않고, 인류 발전에 코딱지만큼도 기여하지 않는 거라고 기억합니다. 맞습니까?"

쿠키의 말에 뚜벅이가 고개를 끄덕였다. 처음 들어 보는 '사보타주'라는 단어에서 외국의 정서가 느껴졌다.

"흐음…… 두 사람이라고 해도 두 달은 너무 짧아요."

망치가 진지한 표정으로 내게 고개를 돌렸다.

"베어, 싸워 본 적 있어요?"

"싸워요?"

"상대방에게 주먹을 날리거나, 길가에서 고래고래 소리를 지르거나, 미운 놈의 악성 루머를 지어내서 뒤에서 퍼트리는 능의 일을 해 본 적이 있나요?"

망치는 퍽 심각한 표정이었다. 나는 천천히 고개를 저었다.

'규칙 밖에서는 살 수 없는 인간들.'

뚜벅이의 말이 떠올랐다. 짜증나는 대스타 오빠에게 후각 상실 다쿠아즈를 건네지 못하고 휴지통에 처박았던 일도 떠올랐다. 29년 동안 꾸준히 먹지 않으면 효과가 나지도 않는 과자였다.

그런 내가 누구랑 싸운다고? 고명경과 주먹다짐? 바락바락 소리를 지르면서? 혹은 선생님들에게 고명경 그년이 나를 괴롭힌다고 일러바친다거나?

안 돼.

그 상상을 하는 것만으로도, 최은성의 그 밀가루떡 같은 얼굴이 떠올랐다.

'오빠의 명성에 누가 되지 않도록 행동 조심하고, 알았지!'

엄마가 그렇게 소리를 지르지 않아도, 나는 고명경의 머리카락 한 올도 붙잡고 싸울 수가 없었다.

"내가 그 쿠키를 얼마나 어렵게, 어렵게 사람들에게 전달하고 있는지 아십니까, 신입?"

여전히 선바이저를 열지 않은 쿠키가 내게 비수 같은 말을 꽂았다.

"난 그걸 그냥 '만들어 보는' 것만으로도 4개월이 넘게 걸렸습니다."

그녀가 무거운 말투로 내 발표안을 종결지었다.

"두 달이라, 다시 생각해 보십시오."

모임은 막바지로 치달았다. 책이 팔락팔락 소리를 내며 넘어갔고, 우리는 『불한당들의 세계사』에 등장하는 첫 인물, 라자루스 모렐에 대해 공부했다.

이코가 발제한 요점을 들으면서, '역사에 남을 극악무도한 인간'의 레벨까지 내 앞에는 아직 수억만 발걸음이 남아 있다는 것을 깨달았다.

'날 때부터 차원이 다른 인종들이라고.'

가만히 발표자 이코를 바라보고 있던 뚜벅이의 시선이 나를 향했다.

'그런 사람들이랑 싸울 수 있겠어?'

고명경은 아마 서부 개척 시대에 태어났다면 분명 라자루스 모렐 뺨치는 노예 상인이 되었을 것이다. 그럼 나는? 노예겠지. 주인 이름을 빨간 글씨로 적어 대는……. 나는 쾅 하고 원탁을 쳤다.

'두 달 안에 해 보일 거야. 반드시.'

모두의 시선이 모였다. 어색하게 웃으며, 차가 쏟아질 뻔해서 그랬다고 둘러댔다. 킬로가 그런 나를 보며 한쪽 입 끝을 삐죽 올렸다.

2주차의 모임은 큰 소득 없이 끝이 났다. 다섯 명 중 세 명이 나의 프로젝트 기한이 수정되어야 한다고 말했고, 한 명은 그런 말조차 하지 않았고, 오로지 한 명만이 적극 찬성에 실행자로 함께 나서 주겠다고까지 했다.

"다음 주 모임까지 기한을 수정해 오는 건 어때? 우리도 그래야 프로젝트가 진행될 만한 조언을 해 줄 수 있을 거 같거든."

"생각해 볼게요."

이코의 질문에 모호하게 대답했지만, 생각하고 말고 할 것도 없었다.

'어차피 두 달 뒤면 안 볼 사이가 돼 버린다고. 그러니까 그 이상의 기한은 의미 없단 말이야.'

다락방의 모임은 지난주처럼 한 명씩 자리에서 일어서며 마무리됐다. 나는 뚜벅이가 일어나면 따라갈 생각이었다. 그러나 모두가 나가고 킬로마저 '누나'를 힐끔거리다가 자리를 떴을 때도, 그녀는 꿋꿋이 앉아 있었다.

다시 둘만이 남았다.

"어디 살아?"

"모임 참석자끼리 신상 정보는 공유할 수 없도록 되어 있어."

"우린 같은 반 친구잖아."

"놀고 있네."

내게 호의적이라고 생각한 뚜벅이의 입에서 분명한 비난조의 말이 튀어나왔다.

"나 자퇴한 거 몰라? 그리고 넌 아마 내 이름도 제대로 모를걸."

"알아! 양분홍…… 아니 주홍!"

뚜벅이는 피식 웃으며 휴대폰을 다시 켰다. 바로 배달앱 알림이 울렸다.

"넌 두 달 동안 우리 반 애들의 정보 모으는 데만도 힘에 부칠 걸?"

"네가 도와준다며."

나는 애절하게 말했다. 이틀 뒤가 월요일이었다. 나는 작은 희망이라도 지니고 등교하고 싶었다.

"계획은 처음부터 끝까지 본인이 수립해야 해. 나는 어디까지나 네 계획의 실행을 도와줄 뿐이야."

"너도 두 달로는 내가 실패할 거라고 생각하는 거야?"

문득 이코의 발표가 떠올랐다. 그녀는 애널리스트라고 하는 어려운 이름의 직업군에 종사하고 있었다.

"애널리스트보다는 이코노미스트라고 불러 주면 더 고맙겠어."

이코의 말에 뚜벅이가 아무렇지도 않게 덧붙였다.

"이코는 '사이코노미스트'의 약자야."

이미 알고 있는 정보였다. 킬로는 입을 가리고 있었는데, 손을 치우면 분명히 웃고 있을 게 뻔했다.

"닥쳐."

"그리고 '사'는 묶음이야."

"……그냥 애널리스트라고 기억해 주면 고맙겠어."

애널리스트. 쉽게 말해서 증권사 직원. 손님의 돈을 모아서 기업의 미래 가치에 투자하고, 그렇게 돈을 불려서 되돌려 주는 것이 그녀의 일이었다.

"이번 달에는 두 명의 새로운 VIP 자금을 5천만 원씩, 총 1억 원을 우체국 예금에 예치하는 데 성공했습니다."

이코는 뿌듯하게 말했고, 망치는 중절모를 까딱 했다.

"어, 저……."

"말해, 베어."

"그…… 이코 씨는 타깃이 누구예요?"

"누구냐고?"

이코는 히비스커스차 한 모금을 홀짝였다. 나는 그녀의 관자놀이에 핏대가 서는 것을 보았다.

"내 타깃은 온 세계를 다 연결해 놓고도 부족해서 현재와 미래까지 이어다가 돈놀이를 하겠다는 발상 그 자체야. 아주 치가 떨리도록 끔찍하지 않니? 미래에서까지 돈을 꿔 와서 현재에 부자가 되고 싶다는 마음이?"

사이코.

"하지만 고객에게는 웃어 줬겠죠, 이코?"

"당연하죠, 프로인데요."

"그럼 됐어요."

이해가 되면서도, 한편으로는 이해되지 않는 행위였다.

도대체 그 VIP는 어떤 해를 입는 거지? 우체국 예금에 5천만 원을 묶어 둔다고 해서? 몇백 억을 가진 투자자의 돈놀이가 의미 있는 수치로 줄어드는 것도 아니고……. 그중 고작 5천만 원일 뿐인데. 하지만 나는 아무 말도 하지 않고 찻잔을 기울이며 딴짓을 하는 척했다.

"실패하진 않겠지."

역시 그렇지? 나는 뚜벅이의 반가운 말에 고개를 들었다.

"하지만 두 달은 네가 뻔한 규칙 하나를 어기는 것만 연습하기에도 부족한 시간이야."

"그럼 뭐야. 도와주겠다는 거야, 말겠다는 거야?"

"네 뒤에 숨겠다는 거야. 나도 고명경을 엿 먹이고 싶으니까."

그녀는 장갑을 끼고 일어섰다. 나는 실망을 감출 수가 없었다.

"그렇게 안 봤는데 너도 겁쟁이였어."

"여기 있는 사람들 다 겁쟁이야. 아직도 모르나."

"……."

"한 말은 지킬게. 네가 계획을 세우면, 나는 널 도울 거야. 하지만, 다음 수까지 제대로 된 계획안을 수립해 와야 해. 나는 두 날이든 2년이든 상관없으니까."

나는 이맛살을 찌푸렸다.

"다음 주에는 모의고사가 있는데."

"……맞다, 너 공부만 하는 애였지."

뚜벅이의 얼굴도 찌푸려졌다. 우리는 잠시 서로의 찡그린 얼굴을 응시했다.

"그러면 다음 주까지 최소한 공부 시간만이라도 줄여 봐. 학원을 땡땡이치든지."

이미 논술학원을 2주 연속으로 빠지고 있다고. 나는 못마땅한 표정으로 고개를 끄덕였다.

"계획 짜 오면, 넌 분명히 같이 하는 거야."

"못 믿냐?"

그녀가 휴대폰을 들어 콜을 수신했다.

"이제 순댓국 포장 받으러 가야 하거든? 다음 주에 보자구, 베어."

뚜벅이가 나간 뒤, 나는 텅 빈 원탁에 앉아 손톱을 물어뜯었다.

'정말로 기가 막힌 계획을 만들어 보겠어.'

하지만 현실은, 당장 학원 땡땡이가 몰고 올 엄마의 호통에도 대비하지 못한 상태였다.

Lesson 3

모두의 인생에는
적이 있는 법

토요일에는 논술학원에 빠진 대가로 용돈을 삭감당하고, 월요일에는 체육복에 커터 칼로 찢은 게 분명한 커다란 구멍이 나 있었다.

'날 때부터 차원이 다른 인종들이라고.'

다른 애들과 떠들어 대는 고명경의 등을 구멍이 뚫리도록 노려봤다. 하지만 고명경의 사물함에 들어 있는 체육복을 쫙쫙 찢어 버릴 용기는 전혀 나지 않았다.

'베어 양, 싸워 본 적 있어요?'

걱정스럽게 말하던 망치의 얼굴이 떠올랐다. 그런데 망치는 왜 망치라고 코드 네임을 지은 걸까?

첫 모임에 망치라도 들고 나왔던 걸까?

"자, 조용히 혀라."

담임이 들어오자 교실의 왁자지껄하던 분위기가 가라앉았다. 그는 머리가 반쯤 벗겨진, 교직 경력 20년의 능구렁이 같은 사람이었다.

'손 들고 말하면 되는 거야.'

내가 체육복 바지를 만지작거리는 동안, 그는 쓸데없는 통지문을 하나 나눠 주고, 다음 주에 있을 모의고사에 대한 이야기를 한 번 더 꺼냄으로써 애들의 원성을 샀다.

"오늘은 여기까지 하자고. 다들 해산혀."

내가 손을 언제 들어야 할지 눈치를 보는 동안, 능구렁이 같은 담임은 내 쪽으로는 시선도 안 두더니 그대로 교실을 빠져나가 버렸다.

"좋은 시간 보내고잉."

젠장.

더 짜증 나는 것은, 고명경 무리가 내게 다가왔다는 점이다.

"학급비 만 5천 원이야. 너만 아직 안 냈거든?"

'그거 줬잖아?'

나는 아무 말 않고 지갑을 열었다. 고명경 옆에 있던 파마머리를 한 여자아이가 내 머리카락을 잡아당겼다.

그러고 보니 나, 얘 이름도 몰라.

"너 앞머리 좀 정리해. 이게 뭐야, 지저분하게."

그들은 그 말의 무엇이 우스운지 자기들끼리 깔깔거렸다.

'죽이고 싶어요.'

미미에게 했던 말이 떠올랐다.

고명경은 지갑을 연 내 손에서 만 5천 원을 낚아채 갔다. 이제 지갑 속에는 2천 원밖에 남지 않았다.

"다쿠아즈를 사면 여섯 개는 살 수 있는 돈인데……."

"뭐라고?"

내가 중얼거리는 말을 들은 고명경이 내 이마를 검지로 툭 밀었다.

"뭐, 할 말 있어?"

프로젝트에 대한 생각을 하자. 나는 고개를 흔들고는 못쓰게 된 체육복을 서랍에 밀어 넣었다. 고명경의 무리는 다시금 깔깔거리면서 멀어졌다.

"학급비, 유용하게 쓸게."

파마머리가 나를 보며 지폐를 든 손을 흔들었다. 빨간 펜을 한 주먹씩 그들의 입에 처넣어 주고 싶었지만, 그럴 수가 없었다.

악의에 체급 차이가 있다면, 고명경과 나는 라자루스 모렐과 그의 흑인 노예만큼의 차이가 날 거다.

어딘가에서 쿠르릉, 하고 천둥이 치는 소리가 들렸다. 하지만 밖으로 나와 보니 해는 쨍쨍 내리쬤고, 교단에 나란히 심긴 코스모스는 하늘거렸다.

때마침 휴대폰에 들어온 문자 메시지는 날 더 비참하게 했다.

[공부는 잘 하고 있겠지. 다음 달 오빠 콘서트야. 엄마랑 너, 두 자리 빼놓는다.]

정말. 모든 게 다 재수 없어.

어디든지 주저앉아서 펑펑 울고 싶었다.

✳

"손님, 학교 안 가세요? 지각하시겠어요."

쿠키가 입가에 경련이 일 것 같은 미소를 지으면서, 나를 쏘아보았다.

매장에 걸린 시계를 확인했다. 8시 35분. 이미 지각이어서, 담임이 들어올 50분까지 교실에 들어가지 않을 생각이었다.

"저도 오픈 준비를 해야 해서요, 손님."

"쿠키."

"……."

"그 다쿠아즈 백 개만 나한테 팔아요."

"……그믄 끄즈(그만 꺼져)."

"부탁이에요, 쿠키. 우린 동지잖아요."

나는 그녀에게 끈질기게 매달렸다. 쿠키는 분노 반, 측은함 반으로 혀를 찼다.

"고작 세웠다는 계획이 무임승차입니까?"

"기한이 촉박하니 어쩔 수 없잖아요. 좀 도와줘요."

"안 됩니다."

"냉정하게 이러기예요?"

"냉정하게 자신을 돌아보십시오. 내가 과자를 제공한다고 해서 신입이 그 애들에게 먹일 수나 있는지."

"……할 수 있어요."

"지난주에는 어렵다고 하지 않았습니까?"

"……"

"학교나 가십시오, 신입."

"안 가요. 내 의지를 보여줄 거예요."

"누구한테."

"쿠키요."

쿠키는 한숨을 내쉬더니 나를 주방으로 끌고 와 간이 의자에 앉혔다. 주방도 홀과 마찬가지로 먼지 한 톨 없이 번쩍번쩍했다.

"입 냄새 유발 다쿠아즈는 베어, 당신한테 팔 수 없습니다."

"……도대체 왜요?"

"첫 번째, 그 애들이 먹을지가 불분명합니다. 아예 과자에 흥미 없는 인간도 있을 수 있습니다. 아무리 맛있는 음식을 받아도 취향이 아니면 남에게 넘길지도 모릅니다."

"……"

"그 과자는 내 프로젝트에 맞춤으로 제작된 거란 말입니다. 난 타깃의 알러지까지 체크하고 있습니다. 혹시라도 다른 문제가 생기지 않게 말입니다."

어떻게 냈는지 궁금할 만큼 예쁜 색의 크림은 폭신하고 부드러워 보였다. 썩은 내가 난다는 치즈가 들었는데도 살구향이 날 정도로 훌륭한 과자는, 먹어 보진 않았지만 분명 미식가 용임이 분명했다. 음식을 남에게 양보하지 않는 사람들을 위한.

"두 번째, 우리의 규칙은 '프로젝트의 완벽한 독립성'에 기초하고 있습니다."

"뭔 소린지 모르겠어요."

"누구한테 의존하지 말라는 얘깁니다."

"같은 멤버끼리도요?"

"집단 지성을 공유할 수는 있지만, 그게 전부입니다."

"하지만 뚜벅이는 나를 돕겠다고 했어요."

"……그건 그 애의 독단적 행동이고, 나는 따라 줄 생각 없으니 돌아가십쇼."

오늘은 노란색인 쿠키의 아이섀도를 물끄러미 쳐다보았다.

"혹시 군인이었어요?"

"……"

"왜 말투가 그렇지."

"각자의 신상 정보는 묻지 않기로 했……."

"하지만 여긴 빵집이잖아요, 서점이 아니라."

"......."

"난 비터스위트 브레드의 사장님이랑 대화하고 있는 건데."

"돌아가십시오, 신입."

나는 앉아 있던 자리에서 일어났다.

"하나만 줘요, 그러면."

"안 된다고."

"내가 먹게요. 잠시라도 내 곁으로 아무도 다가오게 하고 싶지 않거든요."

쿠키는 잠시 고민하다 에이프런 앞주머니에서 익숙한 포장지에 싸인 과자를 꺼내 내게 던졌다.

"약속 지키십쇼. 절대 다른 사람 주지 말고. 혹시라도 다른 사람 줬다가, 너무 맛있어서 여기를 찾아내면 내가 골치 아파지니까."

그때 딸랑, 하고 빵집 유리문에 달아둔 종이 울렸다. 급하게 서비스 미소를 장착한 쿠키가 홀로 달려나갔다.

"손님, 아직 오픈 전......."

"납니다."

빗어 내린 잿빛 머리칼, 유행이 한참 지난 안경, 그 속에서 번뜩이는 눈동자가 홀을 슥 훑었다. 오십 대 후반쯤 돼 보이는 푸둥푸둥한 체격의 여자는 어딘가 기분 나쁘게 날카로운 눈매가 눈에 띄었다.

"흐음...... 나와 있는 빵부터 먼저 삽시다."

그 아줌마는 매대의 이곳저곳을 기웃거리면서 쿠키가 든 쟁반에 빵으로 작은 산을 만들었다.

'……저걸 다 먹어?'

하지만 더 놀라운 것은 그 인간의 먹성이 아니라 인성이었다.

"전에 치즈랑 바질이 올라간 치아바타 빵은 완전 실패였어. 굽기도 반죽도 엉망이었다고. 게다가 그 역한 올리브 냄새! 그따위 빵을 내놓고 이 동네의 시그니처 빵집이라고 할 수는 없지, 안 그런가?"

"……죄송합니다, 김 교수님."

"그나마 믿고 먹는 데가 여긴데 말이야. 이제 빵집도 갈 곳이 없게 되겠어. 아무튼, 그건 메뉴에서 빼요. 다 사장님을 위해 하는 소리니까."

"……."

그녀의 눈이 이번에는 나를 향했다.

"그리고 저 애는 누구지? 가출 청소년인가? 불쌍하다고 아무나 들이면 큰코다쳐. 요새 애들이 어떤 애들인데."

교수의 기분 나쁜 말에 나긋나긋하고 고운 목소리가 더해져 이상한 시너지가 났다. 나는 들리지 않는 척을 했지만, 곱씹을수록 기분 나빴다.

"…… 9만 2천7백 원입니다."

"일시불로 합시다."

교수가 카드를 던지듯 쿠키에게 건넸다. 지직거리며 영수증이 뽑혀 나왔고, 쿠키의 손이 앞치마의 주머니로 들어갔다. 주방과 홀은 투명한 유리벽 한 면으로 구분되어 있어서 모두 볼 수 있었다.

시종일관 차분하던 쿠키의 손은 덜덜 떨리고 있었다.

"교수님, 이건 서비스입니다."

"하나만 줘요? 이렇게 많이 사는데?"

"이건 하루에 몇 개 못 만드는 다쿠아즈입니다. 게다가 다른 분들도 드셔야 해서…… 이해해 주십시오, 교수님."

쿠키가 다시 활짝 웃었다. 튀어나온 광대 옆 관자놀이에 핏줄이 솟아 있었다. 교수는 두툼한 손으로 다쿠아즈를 집어 자신의 코트 주머니에 집어넣었다.

"아무튼, 믿고 삽니다. 그 음식물 쓰레기 같은 치아바타 빵은 빼고요. 올리브 때문에 너무 역해, 알았지?"

"생각해 보겠습니다."

"생각은 무슨 생각이야! 당장 빼라구. 나 정도 되는 미식가의 말을 뭘로 아는거야? 당신 또 악플 테러 받고 싶은 거야?"

"……"

"왜 대답이 없죠? 혹시 내가 사장님한테 훈계하는 걸로 보이나요? 지금 걱정하는 거 모르겠나?"

"……네, 빼겠습니다."

"쯧, 그때 그렇게 고생해 놓고 말이야. 사업하는 사람이 아직 감이 없구만."

"······."

"그럼 많이 팔고, 고생하시고. 나 갑니다."

그렇게 처음부터 끝까지 갑질의 정석을 보여준 김 교수는 떠났다. 딸랑 하고 종소리가 다시 울렸고, 우리는 잠시 할 말을 잃고 서로를 바라보았다.

"뭐지, 저 기분 나쁜 할망구는?"

"뭐겠습니까?"

쿠키의 표정은 아까보다 백 배는 안 좋아 보였다. 눈치 없는 나라도 나가야 할 타이밍임은 분명히 알 수 있었다.

역시 모두의 인생에는 적이 있는 법이다. 나는 다쿠아즈를 후드 앞주머니에 집어넣었다. 밖으로 나오자, 못돼 처먹은 할망구가 푸딩 같은 몸을 외제차에 힘겹게 구겨 넣고 있었다.

'저 정도면 과자 하나에 썩은 치즈 반은 갈아 넣고 싶을 텐데······.'

하지만 한 포대에 한 줌도 얼마나 큰 용기를 내야 했을지, 나는 잘 알고 있었다. 나는 나의 적을 떠올렸다.

'학급비 만 5천 원이야.'

개 같은 년.

쿠키의 적인 김 교수가 사라지는 것을 보면서, 교문이 닫힌 학교 쪽으로 걸어갔다. 왠지 오늘은 조금 더 참을 수 있을 것 같았다.

＊

쿠키에게 과자를 백 개 빌려서 반 애들에게 돌린다는 계획은 수포로 돌아갔다.

"자물쇠 이거 어디서 산 거야?"

파마머리는 오늘 땡땡이무늬의 왕리본을 하고 왔다. 그녀는 친근한 척 내 어깨를 휘감으며 새로 산 내 대형 자물쇠를 보고 키들거렸다. 나는 묵묵히 사물함에 자물쇠를 채웠다.

"……."

"너 지금 우리 도둑 취급하는 거? 같은 반 애들 못 믿고 그래도 돼?"

'너 같으면 믿겠냐?'

그년이 내게 찰싹 달라붙은 덕분에, 교복 주머니에서 바스락거리는 소리가 났다. 허락도 받지 않고 주머니를 뒤진 파마머리가 다쿠아즈를 끄집어냈다.

"오, 이거 뭐야? 예쁘게 생겼네. 나 먹어도 되지?"

어, 제발 가져다가 먹어. 그렇게 말하고 싶었는데, 순간 쿠키와의 약속이 떠올랐다.

'약속 지키십쇼. 다른 사람 주지 말고.'

나는 반사적으로 다쿠아즈를 빼앗았다. 파마머리가 황낭한 표정을 지었다.

"……너 지금 뭐해?"

"내가 만든 건데, 탔어. 먹으면 안 돼."

"아니, 나 쳤잖아, 방금."

그 순간 반 아이들이 일제히 나를 바라보았다.

"거기 뒤에, 자리에 앉아!"

오늘의 구원자는 수학 샘이었다. 그는 항상 들고 다니는 빳빳한 자로 교탁을 딱딱 때렸다. 그 순간 나는 손바닥 반만 한 다쿠아즈를 한입에 욱여넣어 버렸다. 파마머리가 입 모양으로 말했다.

'이따가 보자.'

쿠키의 다쿠아즈에서는 이상한 냄새는 전혀 나지 않았다. 뜻밖에도 그 과자는 정말 남과 공유하고 싶지 않은 황홀한 맛이 났다.

"자, 5번 문제. 이자 구하는 거 반드시 이번 모의고사에 나옵니다."

이자. 저년들한테 붙여 줄 이자는 얼마가 돼야 할까? 나는 고명경의 뒤통수에 들고 있던 샤프를 찍어 버리는 상상을 했다. 상상. 모범생이 할 수 있는 최대한의 악행은 거기까지였다.

'깡패라도 사서 묻어 버릴 수만 있다면…….'

그때 내 머릿속의 전구가 반짝, 하고 켜졌다.

＊

    양주홍의 프로필 사진은 사이트가 제공하는 기본 사진이었고, 소개 글에는 아무것도 쓰여 있지 않았다.

    나는 그 마음을 이해했다. 고등학교에 입학한 뒤로 나는 같은 반 아이들에게 개인 메시지를 보내 본 적도 없다. 아무튼, 양주홍의 프로필이 검색으로 나온 게 다행이었다.

    [주홍아, 뭐 해?]

    [지금 바빠?]

    고명경 무리의 해코지를 피해 온 곳은 직사광선이 정수리로 내리쬐는 스탠드였다. 가을 햇볕에 미간이 절로 찌푸려졌지만, 나는 구명줄을 붙잡듯이 뚜벅이에게 메시지를 보냈다.

    [어디야?]

    [디엠 안 보니?]

    [답장 좀 해 줘.]

    [혹시 자고 있는 건 아니지?]

    [생각나서 연락했어.]

    구남친인 척 보낸 멘트는 한 번도 구남친을 만들어 본 적이 없어 쉽게 동나고 말았다.

    '내가 뚜빅이의 구남친이있다면……'

    생각이 거기까지 이르자, 킬로의 하얗고 조그만 얼굴이 갑자기 떠올랐다.

[누나, 누나 빨리 답 좀. 매우 급함!]

지잉! 곧바로 메시지 알림이 울렸다.

[배달 중. 무슨 일?]

이 자식 사람 차별하나. 나는 답장을 보자마자 미리 복사해 둔 구구절절한 텍스트를 바로 붙여넣기 했다.

[나 좀 도와주라. 지금 기획 단계가 아니라 실행 단계거든? 그러니까 너에게도 참여할 명분이 있는 거야. 그러니까 제발 도와주라. 점심시간 전까지 학교 후문으로 와 줘. 안 그러면 내가 우리 동네 모든 음식점을 다 뒤져서라도 널 찾고 말 거야. 부탁합니다ㅠㅠ. 제발 주홍아…… 사람 하나 살린다 치고…….]

[갈 테니까 디엠 그만.]

나는 그제야 안도의 숨을 내쉬었다. 수업종이 울려 퍼졌고, 나는 한숨과 함께 자리에서 일어났다.

점심시간을 알리는 종이 울리자마자 나는 교실 뒷문으로 뛰쳐나갔다. 첫째 이유는 파마머리의 '나중에 보자'가 두려웠기 때문이고, 둘째로는 뚜벅이가 기다리다 가 버릴 게 무서웠으며, 셋째는 학생 지도 선생님이 교문 단속을 돌기 전에 행동해야 했기 때문이다. 혹여 잡힐까 봐 변명도 미리 생각해 두었다.

'엄마가 체육복을 가져다 주신대서요.'

물론 현실은 가지고 다닐 체육복도, 체육복을 살 돈도 없는 판국이었다. 어쨌든 나는 누구의 방해도 받지 않고 후문으로 나가는 데 성공했다. 비니와 마스크, 봄버 자켓으로 풀 무장한 뚜벅이가 내게 손을 들어 보였다. 그녀의 옆에 흰색 전기 자전거가 세워져 있었다.

"왜 불렀어."

"계획을 세웠어."

"토요일에 발표하면 되잖아."

"두 달이 너무 급하다 그러길래 나도 서두르는 거라구."

　우리는 문 쪽으로 가까워져 오는 소리를 피해서 학교 옆에 붙어 있는 아파트 단지로 숨어들었다.

"계획이 뭔데?"

　나는 검색해 뒀던 화면을 띄워 뚜벅이에게 보여줬다.

"철거 용역을 고용하는 거야."

"어딜 철거하게."

"고명경 대가리."

"……."

"……."

　잠시 침묵이 흘렀다.

"이게 좋은 계획이라고 날 부른 거냐, 지금? 깡패 사서 고명경 패는 거?"

짜증을 내며 돌아서는 뚜벅이의 손목을 급하게 움켜쥐고, 나는 생각해 둔 내용을 줄줄 내뱉었다.

"너, 내가 계획만 세우면 따른다고 했잖아. 약속 지킨다면서."

"……."

"눈에는 눈, 이에는 이 몰라? 걔 머리도 한번 철거돼 봐야 정신을 차릴 거 아냐. 이만큼 단순하고 좋은 해법이 어딨어? 게다가 빨리 끝나잖아."

"고명경이 그렇게 당하고 나서 가만히 있을 거 같냐."

"그럼 또 사면 되지!"

뚜벅이가 한숨을 길게 내쉬었다.

"끊은 담배 생각나게 하네, 진짜……."

"너 담배도 피워? 우리 아직 미성년자잖아. 노담 해야지."

"인력 사서 사람 패자는 얘기나 하면서 뭔 노담인데. 게다가 너 돈은 있고?"

"그거 때문에 널 부른 거잖아."

뚜벅이의 표정이 매우 심각해졌다.

"돈 빌려 달라고?"

"장난쳐? 나도 그 정도 눈치는 있다구."

"……."

"이코한테 돈을 빌릴 거야."

"……."

뚜벅이의 침묵이 길어졌다. 나는 이 계획을 실행해야만 했다. 이코가 모아둔 그 의미 없는 우체국 예금이 가치 있어질 순간이었다.

"이코 회사는 알고?"

"여의도 도착하기 전까지 네가 알려 주면 돼."

"그 사람 금융업계 종사자야. 신용도 없는데 빚 지는 거, 절대 불가능할 걸. 게다가 우리는 미성년자라고."

"나한테 담보가 있어."

"담보?"

"일단 나만 믿고 따라와 봐. 약속을 지키라구."

약속의 올가미에 철컥 걸려든 뚜벅이가 다시 한번 불만스러운 한숨을 내쉬었다.

"우리나라 미래가 걱정된다."

"고명경 하나 묻는 걸로 무슨 나라 미래 걱정씩이나."

"너 같은 애가 전교 3등이라는 게 걱정된다는 얘기였는데."

"……일단 따라오기나 해 봐."

뚜벅이는 엘리베이터 홀이 보이는 주차장 기둥에 기대 있었고, 나는 그 기둥 뒤에 숨어 엄마에게 문자를 보냈다. 얼마 지나지 않아 화난 얼굴의 엄마가 엘리베이터에서 나왔다. 조용한 아파트 주차장에 내 욕을 해대는 나지막한 메아리가 울려퍼졌다.

"이게 정신머리가 빠져 가지고, 뭐? 과제물을 안 들고 왔으니까 배달 좀 해줘? 아무튼 간에 그 나이 먹고 내가 아직까지 치다꺼리를 해 줘야만 하지. 하여간 지 오빠랑 하나도 닮은 구석이 없어. 이년 집에 오기만 해 봐. 지난주에 학원 땡땡이 친 걸로도 모자라서 간이 배 밖으로 나와서는 아주⋯⋯."

엄마는 우리 쪽은 쳐다보지도 않고 차 쪽으로 걸어갔다. 자동차가 지하 주차장을 나가자, 뚜벅이가 한숨을 내쉬었다.

"너희 엄마 랩 하시냐?"

"저게 평상시 캐릭터야⋯⋯."

"힘내."

뚜벅이와 나는 손쉽게 엄마를 밖으로 내보내고 집에 잠입했다. 내가 사는 집에 잠입한다는 표현이 맞진 않겠지만, 어쨌든 나는 지금 학교 급식실에 있어야 했으니까.

"스릴 넘치네."

"⋯⋯배달 가는 기분인데."

따로링.

경쾌한 전자음과 함께 문이 열렸다. 이로써 양주홍은 내가 집에 처음 초대한 고등학교 친구가 되었다. 불과 며칠 전까지는 그 애가 자퇴한 것도 몰랐지만, 모든 건 현재가 중요한 법이다.

"네 취향?"

뚜벅이가 거실로 가는 복도에 죽 늘어선 최은성의 사진과 그림

액자들을 보고 말했다.

"아니."

"어머니가 젊게 사시네."

"랩도 하고 아이돌도 좋아하고?"

"뭐, 나쁜 건 아니잖아."

"인사치레는 그만해. 일해야지, 우리."

나는 내 방 옷장에 처박아 두었던 모노그램 패턴이 다다다닥 찍힌 가죽 백팩을 들고 나왔다.

"짭?"

"날 뭘로 보고."

담보물에 최은성 이니셜이 각인이 되어 있지 않기만을 바라면서, 우리는 무사히 집을 빠져나왔다.

✳

"누가 너한테 여기 알려줬어? 혹시 망치야?"

"아뇨."

정보의 출처는 뚜벅이를 보호하기 위해서 대답하지 않았다.

"증권사는 담보 받고 돈 빌려주는 곳이 아닌데."

이코는 그렇게 말하면서 입꼬리를 활짝 올려 웃었다. 쉽게 사이코 운운하던 뚜벅이는 후환이 두렵다며 이번만큼은 건물 로비에서 기다리겠다고 했다.

"돈 많잖아요, 언니."

나는 입 모양으로만 '우체국에'라고 이어 말했다. 이코의 미소가 더욱 환해졌다.

"여기까지 찾아온 건 규칙 위반이야."

"규칙을 자세히 알려준 적도 없잖아요."

"그것도 한국 사회 규칙의 일종이잖아……."

"난 돈이 필요해요. 급하게요. 도움을 요청할 수도 있는 거잖아요."

우리가 속닥이며 얘기하고 있을 때, 이코의 동료로 보이는 올백 머리의 회사원 하나가 지나갔다. 그는 찰나의 시간에 이코와 같은 표정으로 나에게 해사한 미소를 던지며 윙크까지 했다.

"언니, 방금 봤어요? 저 사람 나한테 윙크했어요!"

"네 가방 본 거잖아. 망할 새끼, 내 고객만 보면 저 지랄이야."

"저 사람이랑 친해요?"

"친하겠니? 저 핑킹가위로 주둥이를 오려 버려도 시원찮을 놈이 전 분기에도 내 고객 하나를 가로채 갔다고."

이코의 말투에서 엄마가 느껴졌다. 그녀는 말을 잃은 내게서 가죽 백팩을 빼앗아 들더니, 요리조리 살펴보기 시작했다.

"이번 F/W 리미티드네. 온라인에서 샀어?"

"몰라요."

"훔쳤어?"

"그랬겠어요?"

"······하긴."

너무나 쉽사리 의심을 거두는 이코에게 약간 서운해졌다.

"이거 백화점에 대기 걸면 사는 데 한 달은 걸린다고 했어요."

"한 달? 누가 그래? 이거 이제 못 사. 얼마 전에 최은성이 공항 갈 때 메서 이미 예약까지 품절이라고."

"······언니 그런 거에 빠삭하네요."

"VIP 상대하려면 뭐든 알아 놔야 하거든."

이코는 가방을 요리조리 살펴보았다. 이코가 가방에 흥미를 가지고 있다는 직감이 왔다.

"이거 팔아. 내가 살게."

팔라고?

"안 그래도 VIP 하나가 이거 갖고 싶댔어. S급 짭이라도 좋다고 했거든? 내가 진품 값 줄게."

"그건 안 돼요."

"돈 필요하다며?"

받을 때는 중고로 팔아 볼까 하는 생각도 했지만, 아무리 싫어도 남매의 도리라는 게 있는 법이다. 게다가 오빠가 행방을 묻기라도 한다면······ 당황스러워지는 상황은 피하고 싶었다.

"솔직히 말해. 네 거 아니지? 엄마 거니?"

이코가 눈을 빛내며 물었다.

"개인 신상에 대해서는 말하지 않기로……."

"지금 사람 일하는 데까지 찾아오신 분이 누군데. 그리고 진짜 가방 주인이 누구냐는 게 왜 네 신상 정보가 되는 건데?"

아니, 그게 신상 정보가 되니까 그러는 거잖아.

입을 다물고 거짓말을 생각해 보았으나, 역시 나는 융통성이라고는 전혀 없는 모범생에 불과했다.

"……원래 내 건 아니고, 누구한테 선물 받은 거예요. 그러니까, 팔 수는 없어요."

"선물?"

"아무튼, 팔 순 없어요."

쩝, 이코가 입맛을 다셨다. 아쉬움이 잔뜩 묻은 얼굴인 것치고는 순순히 가방을 돌려주었다.

"그럼 돈은 못 빌려 줘. 나는 사는 것에만 관심 있거든. 그나저나 부자 친구를 뒀나 보네?"

"친구 아니에요."

"그럼 애인?"

"이 머리를 하고요?"

"……미안, 사생활 침해가 좀 지나쳤지. 최은성이 중학생 애인이 있다는 지라시가 돌던 게 기억이 나서."

나는 입을 꽉 다물었다. 그놈의 루머.

이코가 아직까지 복구되지 않은 내 앞머리를 보며 혀를 찼다.

"근데 미용실 갈 돈이 부족해서 빌리려는 건 아닐테고."

나는 이코의 귓가로 얼굴을 기울였다.

"깡패를 사서 타깃을 묻어 버리려구요."

내 속삭임을 들은 이코가 몹시 안쓰러운 얼굴을 하고 내 귓가를 잡아당겼다.

"그게 가능하겠니?"

"왜 불가능하죠?"

"너 그 애 뒤통수에 지우개라도 던질 수 있겠니?"

"……."

"계획을 세울 땐 네가 깰 수 있는 규칙의 선이 어느 정도인지를 먼저 파악해야 하는 거야, 알겠어? 너희 반 애들한테 지우개라도 던지려고 해 봐. 그게 안 된다면 어떻게 깡패를 사겠니?"

우리는 한참 동안 비밀스럽게 속닥였다. 갑자기 내 뒤에서 누군가가 큼큼, 하고 크게 기침을 했다. 아까 그 남자였다.

"어린 고객님이 오래 계시길래…… 따뜻한 차 한잔 드시고 편하게 얘기 나누세요."

마시멜로를 넣은 코코아였다. 그는 다시금 활짝 미소를 지었다. 이코가 그를 향해 웃어 주었다.

"고마워요, 성훈 씨."

'정훈 씨'가 사라지자마자, 이코의 표정이 험악해졌다.

"저 수박씨발라먹을 자식이, 지가 애널리스트지 호스트야? 호치키스로 저 유들유들한 혓바닥을 입천장에다가 기워 놔야 돼. 야, 혹여라도 저 인간 면상 보고 말 붙일 생각은 하지도 마. 포장지 벗기면 재활용 수거 업체에서도 안 받아갈 놈이니까."

그렇게 말한 그녀는 그걸로도 모자랐는지 내 코코아를 뺏어서 사무실 한편의 개수대에 몽땅 쏟아 버렸다.

"아무튼, 계획 다시 세워. 돈 낭비에 시간 낭비, 가방 낭비니까. 네가 할 수 있는 걸 하라고."

"……생각해 볼게요."

소득 없이 일어설 수밖에 없었다. 이코가 사무실 문 앞까지 따라 나왔다. 그녀는 내게 손에 납작하고 네모난 종이를 쥐여 주었다. 명함이었다.

"서로의 신상정보는 말하지 않기로……."

"어머니 혹시 금융 관리 필요하시면 연락 부탁해."

"……."

뭔가 단단히 오해하고 있는 그녀를 보며, 힘없이 고개를 끄덕였다.

∗

로비로 나오자, 뚜벅이는 어디로 사라졌는지 보이지도 않았다.

슬슬 6교시가 시작될 무렵이었고, 더 이상의 땡땡이는 이미 끊어 놓은 양호실 방문증으로도 커버가 불가능할 것 같았다.

"번호 받아 놓을걸."

나는 걸으면서 다시 뚜벅이에게 메시지를 작성했다. 하지만 몇 줄 쓰기도 전에 뚜벅이의 흰색 자전거가 보였다. 그녀는 막 건물 안으로 들어오는 중이었다.

"노담 안 했어?"

"뭔 소리야. 얘기 길어지길래 콜 하나 받고 돈 벌고 왔는데."

"……아, 미안. 일에 지장 많이 갔겠다."

"너 도와주기로 약속한 게 매우 후회될 정도야. 게다가 그 가방 아직도 들고 있는 걸 보아하니 계획은 수포로 돌아갔겠고."

"면목이 없다. 아, 너 번호 좀 줘."

나는 뚜벅이와 잽싸게 번호를 교환했다.

"그럼 깡패 사는 건 보류인가."

"이코 언니가 지우개를 던져 보라는데?"

"어디에다가."

"고명경 뒤통수에."

우리는 잠시 말없이 여의도 회사 단지를 걸었다. 반듯하고 키 큰 건물들에서 갓 찍어낸 기성품 냄새 같은 게 났다.

"그거 못 던질 거면 깡패 살 생삭노 하지 말래."

"일리 있네. 그럼 어쩔 거야?"

나는 모노그램 가방을 뚜벅이에게 건네줬다. 뚜벅이가 어처구니없다는 표정으로 내 쪽을 보았다.

"난 이거 빌릴 돈 없어. 살 돈도 없고."

"뭐래. 고명경한테 뺏길까 봐 맡기는 건데. 토요일에 줘."

"나한테 너무하는 거 아냐? 앞으로는 그냥 연락하지 마."

"그러면 번호 왜 줬는데?"

"……."

뚜벅이가 입을 다물었다.

"나 이제 학교 돌아가 봐야 해. 엄마는 교문에서 바람맞았을 게 뻔하고, 수업을 두 개나 째면 담임이 분명히 엄마한테 문자를 넣을 테니까."

"……그게 오늘의 업적이군."

"면목이 없다."

뚜벅이가 가방을 멨다. 의외로 힙하게 잘 어울렸다. 그녀의 다소 어두운 분위기에 찰떡이었다.

"주홍아, 너 그거 잘 어울리는데?"

"말했지. 나 돈 없다고."

"누가 뭐래."

뚜벅이가 콧방귀를 끼며 자전거에 올라탔다.

"여기가 콜 노다지라 나는 돈 좀 벌다 가려고. 그리고 넌 토요일까지 연락하지 마."

야박하다고 말하고 싶었지만, 이미 민폐 한도 초과였다. 나는 말 없이 그 애에게 손을 흔들어 주었다.

빈곤한 상상력과 창의성은
두통만 불러올 뿐

'알겠어? 너희 반 애들한테 지우개라도 던질 수 있는지 해 봐.
그게 안 된다면 어떻게 깡패를 사겠니?'

고명경의 뒤통수를 볼 때마다 이코의 말이 머릿속을 맴돌았다.
하지만 지우개는 연필로 쓴 글씨를 지우려고 있는 거잖아.

시도를 안 해 본 것은 아니었다. 시뮬레이션도 했다. 수면제 같
은 역사 시간에 오른쪽 창틀을 노리고 던졌을 때 튕겨 나온 지우
개가 고명경의 옆통수를 치는 각도를 삼각함수로 계산해 보기도
했다. 하지만 완벽한 근사치를 가지고도, 나는 지우개를 투척할
수가 없었다.

'네가 할 수 있는 걸 하라고.'

다시금 이코의 말이 맴돌았다. 내가 할 수 있는 게 있을까, 과
연? 내 세상은 점점 나의 한계 속에서 비참해져 갔다. 토요일을 손

꼽아 기다리는 나 자신이 그저 우울했다. 머리카락 끝과 교복 셔츠 깃에서는 계속 비린내가 나는 듯했다. 점심시간, 고명경 무리가 한 짓 때문이었다.

"엄마, 나 왔⋯⋯."

현관 중문을 열다가 문득 이상한 점을 발견했다. 커다란 신발 두 켤레가 놓여 있었다. 깨끗한 구두 옆에 헌 운동화. 누가 봐도 둘 다 여성용은 아니었다. 갑자기 심장이 두근거리기 시작했다. 중문이 마저 열리며 덜컹거리자, 불쾌한 기억의 감각이 손끝과 발끝의 말초 신경부터 타고 올라왔다. 조용히 몸을 돌려 나가려고 했을 때, 거실 쪽에서 시커먼 그림자가 쑥 나타났다.

"⋯⋯헉."

"아! 죄송합니다."

심장이 쿵쿵 뛰었다. 잠시 멎었던 숨을 가늘고 길게 내쉬었다. 상대는 기억 속의 그 사람이 아니었다. 낯선 얼굴이었지만, 안도의 한숨을 내쉬었다. 곧바로 거실에서 익숙한 목소리가 들렸다.

"엄마?"

"아니⋯⋯ 동생 분 같은데."

"아, 왔어?"

최은성이었다. 최은성 옆의 낯선 남자는 회사에서 같이 일하는 식원인 것 같았다.

"동생이 나 때문에 놀랐나 봐. 죄송해요. 저희 잠깐 짐 가지러 왔어요."

"아니에요. 일 보시고 가세요."

등허리로 땀이 흘러내리는 것이 느껴졌다. 최은성에게 고개만 까딱해 보이고는 서둘러 방으로 들어가려고 했다. 갑자기 등 뒤에서 무언가가 쑥 나를 낚아챘다.

"가방."

울컥 올라오려는 짜증을 삼켰다.

"이거 버리랬잖아."

가방 고리에 손가락을 걸어 나를 붙잡은 최은성이 힐난하듯이 바라보고 있었다. 짜증이 치솟았지만, 일단 자리를 피해야 했다.

"잠깐만, 무슨 냄새 나는데."

그 순간 최은성의 밀떡 같은 얼굴이 내 눈을 향했다. 아니, 정확하게는 그 위, 내 이마와 이마를 덮는 머리카락을 보고 있었다. 눈이 마주치자마자 나는 고개를 돌려 달아나듯이 방으로 들어갔다. 문을 닫기 전에 문고리를 잡은 최은성이 다정한 목소리로 거실을 향해 말했다.

"잠깐 동생이랑 얘기 좀 할게요."

최은성의 등 뒤로 문이 닫히자 분위기는 급속도로 냉랭해졌다.

"왜 남의 방에 들어오는데……."

"오랜만에 보는 오빠한테 그게 할 말이야?"

최은성의 다듬어진 눈썹 한쪽이 치켜 올라갔다.

"너 무슨 일 있지."

"아니야."

"아니라고? 이건 뭔데."

최은성이 내 머리카락을 잡아당겼다. 마구잡이로 길이도 안 맞게 잘린 머리카락과 채 마르지 않은 물기를 눈치챈 것이 틀림없었다.

"무슨 일인데."

"아무 일도 없다니까."

"네가 잘랐어?"

"어, 눈을 자꾸 찔러서 내가 그냥 잘랐어. 이제 제발 나가 줄래? 나 10월 모의고사 준비해야 한단 말이야."

"……."

최은성이 깊게 한숨을 내쉬었다. 그냥 빨리 나가 줬으면 했다. 나는 침착하려고 애를 썼다. 마음을 가라앉히고, 이미 흙탕물에 뒹굴어 완벽하게 초라해진 나를 숨기려고 애를 썼다.

"밖에 계신 분이 기다리고 있잖아."

"누가 괴롭혀?"

그 말에 피가 식었다. 당장이라도 나가라고 소리를 지르고 싶었다. 하지만 최은성이었다. 나는 최은성에게 고함을 지를 수가 없었다. 대들고 짜증낼 수가 없었다.

"혹시 또 그 인간이랑 관련된 거라면……."

잠시 침묵이 흘렀다. 이 집에서 아빠라는 단어는 금기였다. 우리는 그 단어를 꺼내 놓지 않은 채 서로를 봤다.

"그럴 리가 없잖아. 이제 제발 나가 줘."

최은성이 나를 봤다. 그리고 내가 멘 가방을 봤다. 그리고 앞머리를 한번 더 봤다.

"너……."

그때, 방 밖에서 아까 본 남자가 소리를 질렀다.

"은성아, 우리 이제 가야 돼!"

최은성이 내 앞머리에서 눈을 거뒀다.

"무슨 일 있으면 바로 말해. 나중에 알게 하지 말고."

"아무 일도 없다니까. 전화든, 문자든 연락하면 되잖아."

떠밀듯이 밖으로 최은성을 내보내자 눈물이 났다. 고명경이 싫고, 학교가 싫었다. 최은성이 알게 되는 건 그중에서 제일 싫었다. 내가 우리 반 왕따고, 화장실에서 걸레 빠는 물을 맞았고, 그래서 하루가 온종일 끔찍했다는 얘기는 절대 하고 싶지 않았다.

'무슨 일 있으면 바로 말해. 나중에 알게 하지 말고.'

최은성의 도움 따위, 절대로 필요하지 않다. 고명경은 내가 응징할 거야. 무슨 일이 있어도.

나는 눈물을 닦는 대신 이를 악물었다.

따다다당. 따다다당.

베토벤의 〈운명〉…… 아니면 〈비창〉? 아니, 비참이던가? 쥐고 있던 빨간색 펜이 부르르 떨렸다. 머릿속에는 베토벤의 그 웅장하고 충격적인 협주곡이 끊임없이 울려 퍼지고 있었다.

"시험 잘 봤어?"

고명경과 파마머리가 옆자리를 지나가다가 내 표정을 보고 멈춰 섰다. 파마머리는 허락도 받지 않고 내가 채점하던 10월 모의고사의 국어 영역 시험지를 낚아챘다.

나는 봤다. 순간 고명경의 입술이 슬쩍, 아주 미세하게 미소 짓는 것을.

'고명경, 이 수박씨발라먹을 년.'

그 미소를 보고 정말 너무나도 뒤늦게 알아차렸다. 그녀가 왜 나를 타깃으로 삼았는지. 그것도 모른 채, 나는 등신 같게도 '만 5천 원을 제때 안 주고, 반 활동에 적극적으로 참여하지 않은 나'를 때때로 탓하고 있던 것이다.

고명경은 충격을 받은 나를 보고 인자한 목소리로 말했다.

"다음에 잘 보면 되지, 뭐. 너 평소엔 잘했잖아."

두 사람은 깔깔거리며 지나갔다. 어떤 시비노, 괴롭힘노, 실수인 척 어깨를 치고 지나가는 것도 하지 않았다. 나는 그제야 알게 된 것이다.

저년이 왜 나를 싫어했는지를.

 *

"그걸 이제야 알아챘단 말이야?"

모노그램 백팩을 메고 온 뚜벅이가 혀를 찼다.

"누나! 그, 그거 명품 아니야?"

"얘 거야. 잠깐 빌렸어."

킬로가 나와 뚜벅이를 번갈아 쳐다보더니, 의심스러운 눈초리를 내게 쏘아댔다. 나는 그 눈빛을 무시하며 뚜벅이가 내민 백팩을 받아들었다.

"그딴 이유라면 지가 잠을 줄여서라도 노력하고 더 잘할 생각을 해야 하는 거잖아!"

"여태 모임 나오면서 뭐 들었어? 그들은 우리랑 다르다니까."

"고명경이 나 하나 제껴서 뭘할 건데? 우리나라에 개 앞에 있는 수험생이 나 하나야? 뚜벅아, 너는 이게 이해가 돼?"

"원래 이해하려 하면 안 돼. 그들은 그냥 적이라고."

킬로는 계속 못마땅한 듯이 나를 쏘아보았다.

"왜, 왜 둘이서만, 아는 애, 얘기하구."

"이따가 모두 모이면 베어가 정식으로 말하겠대."

뚜벅이의 눈이 나를 피했다. 같은 주제로 더 대화하고 싶지 않은 표정이었다. 순간 머리에 무언가가 스치고 지나갔다.

"설마 너도 나랑 똑같은 이유 때문에 그년한테 당한 거야?"

뱉어 놓고 나서야 후회했다. 처음에는 뭔 소린가 싶던 킬로의 표정이 말의 내용을 파악했는지 순식간에 얼어붙었다. 뚜벅이가 나를 가만히 응시했다.

"그래."

킬로의 따가운 시선이 이제는 뚜벅이를 향했다. 뚜벅이는 그 시선을 받고도 아무렇지 않은 듯 행동했다.

"이제 그 얘기는 여기까지 하자."

그리고 미미가 꿀을 넣은 수국차를 가지고 올라올 때까지, 우리 세 사람은 한마디도 하지 않았다.

오늘의 모임에는 새로운 얼굴이 있었다. 육십 대 후반쯤 돼 보이는 그는 낚시 모자를 쓰고 있고, 조끼와 바지에는 주머니가 다닥다닥 붙어 있었다. 〈나는 자연인이다〉나 〈야생에서 살아남기〉 같은 티브이 프로그램에 나올 것 같은 분위기였다. 그는 나에게 짧은 악수를 건네면서 한마디 소개로 인사를 퉁쳤다.

"베어라니, 나랑 잘 맞을 것 같은 이름이군. 난 바우요."

목재 벌목꾼 같은 인상의 키가 큰 바우는 망치의 옆에 앉았다. 바우와 망치는 이상한 조화를 이루었다. 예를 들면, 야생에서 사는 남자와 그를 취재 나온 방송국 기자 같다고나 할까.

"바우 씨, 오랜만입니다."

"몇 주나 빠져서 미안하군."

"아프셨잖아요, 이해해요."

이코가 쾌활하게 말했다. 이제 8인석 테이블에는 남은 자리가 몇 없었다. 우리는 잠시 달콤한 수국차를 음미했다.

"이번 주 발표가 시작되기에 앞서, 베어가 설정했던 목표에 수정 사항이 있었는지를 듣고 싶어."

이코가 대표 격으로 입을 열자, 이제는 여섯 쌍이 된 눈이 나를 바라보았다.

"베어, 같은 반 학생들을 두 달 안에 몽땅 망치고 싶다고 했던가요?"

"네."

망치의 기억력은 정확했다. 새로 온(그의 입장에서는 내가 새로 왔겠지만) 바우가 나를 주의 깊게 바라보며, 짧게 난 턱수염을 긁적였다.

"두 달이라, 너무 짧지 않나……."

"저희도 그렇게 생각했습니다."

염려스러운 바우의 말에 쿠키가 대답했다. 이코가 말을 이어받았다.

"게다가 그 실행 방법도 썩…… 아니다, 이건 네가 직접 말해."

이코가 나를 채근했다.

"깡패를 사 가지고 나를 따돌리는 주동자를 패 버릴 생각이었어요. 그러면 두 달도 짧지 않으니까."

"그게 됩니까?"

쿠키가 말도 안 된다는 듯 고개를 저었다. 참석자 모두의 표정이 내 말을 듣자마자 회의적으로 변했다. 모두가 알고 있었는데 나만 몰랐던 거였다.

'그런 걸 실행에 옮길 수 있을 리가 없다고.'

시선이 쓴웃음을 짓고 있는 뚜벅이에게까지 이르자, 나는 두 손을 들었다.

"알아요. 그 계획은 수정할 거예요."

"좋아. 생각해 둔 건 있겠지?"

이코가 묻자, 다시 머리가 하얘졌다. 플랜 B를 짜내기 위해 노력하지 않은 것은 아니었지만, 모범생다운 빈곤한 상상력과 창의성은 두통만 불러올 뿐이었다. 게다가 목요일 이후 멘탈은 완전히 바닥이었다.

"핑계 대는 건 아니지만 이번 주에 모의고사가 있었어요……."

모의고사라는 말에 누구보다 빠르게 망치가 반응했다.

"베어, 시험은 잘 봤나요?"

망치에게서 엄마가 보였다. 나는 입술을 씹으며 고개를 저었다.

"완전히 망했어요."

"망했군요……. 유감이네요, 베어."

망치가 내 어깨를 가볍게 두드리며 위로를 건넸다. 그의 비싸 보이는 손목시계가 오후의 햇빛을 받아 반짝였다.

'그날 이코 말고 이 사람을 찾아갈 걸 그랬어.'

후회에 젖어 있는데, 뚜벅이가 불쑥 끼어들어 말했다.

"그래 봤자 하나나 두 개 틀렸을걸? 저 녀석 공부 잘한다고."

하나나 두 개라고? 나는 정말 역사에 없이 망친 국어 영역 시험지를 모두에게 들이밀고 싶었다.

"이번에는 진짜 망했어. 공부 말고 잘하는 게 없었는데, 이제는 공부도……. 그 애들을 망하게 하기 전에 나부터 망할 거 같단 말이야."

심란한 말을 뱉은 나는 수국차를 벌컥벌컥 들이켰다.

"공부라도 잘했던 거였어? 잘하는 게 있어 그나마 다행이네. 난 또 엄마만 부자인 줄."

이코가 나만 들리도록 나지막하게 중얼거렸다. 그 말에 발끈하려다가, 순간 이코가 지나가듯 했던 말이 떠올랐다

'네가 할 수 있는 걸 하라고.'

"베어, 시간은 많으니까, 다음 주에 다시 계획을……."

"아니에요."

머릿속에 떠오른 이 강렬한 아이디어를 결코 증발시키고 싶지 않았다.

내가 할 수 있는 거.

아니, 엄청 잘하는 거.

"새로운 계획이 있어요. 이거야말로 두 달 만에 그들 모두를 엿먹일 방법이에요."

"……."

다시금 여섯 쌍의 눈이 나를 바라보았다.

"전 그 애들 모두에게 공부를 시킬 거예요."

이어진 나의 말에, 여섯 사람의 눈이 휘둥그레졌다. 설명을 시작하자, 그들 모두 처음에는 이해하지 못했고, 그다음에는 당황했지만, 결국 만장일치로 나의 새 계획이 '매우 적절하다'는 것에 동의했다. 킬로만이 처음부터 끝까지 팔짱을 풀지 않고, 침묵을 유지했을 뿐이다.

"그러면, 저, 저의 프로젝트, 진행 상황을, 알려 드릴, 드리겠습니다."

큼, 킬로가 목을 가다듬었다.

"킬로봇은 매우 잘, 으, 은신하고 있으며, 아직도 추적, 당하지 않, 않고, 이번 주, 하, 한 곳에서 4초 가, 가량의 다운을, 일으킬 수, 있었습니다."

"4초? 훌륭하구만!"

바우가 박수를 쳤다. 격려에 힘입은 킬로가 약간 상기된 채 말을 이었다.

"두, 두 곳의 서버에서, 백업 작업이, 일어났으나, 역시 모든, 킬로봇의 추, 출입구가 살아 남았, 습니다."

킬로봇?

내 아리송한 표정을 보던 망치가 설명해 주었다.

"베어, 킬로의 프로젝트는 특정 악성 사이트의 복구 불가한 다운이에요."

"악성 사이트요?"

"주소는 나도 모르지만, 사회관계망 서비스를 제공하는 몇몇 사이트라던데……."

"그게 왜 악성 사이트죠?"

궁금해져서 재차 묻자, 이번에는 뚜벅이가 대신 대답했다.

"킬로 말로는 그게 현실 관계를 단절시킨대."

"오."

나는 감탄하며 무의식중에 원탁에 모인 사람들을 바라보았다. 아마 이들을 온라인에서 먼저 만났다면, 나는 애초에 이 모임에 참석하지도 않았을 것이다.

"그, 그건, 되는대로 붙인 이유일 뿐, 뿐이야. 난 그냥 그, 사이트들이 싫어."

킬로가 반발했다. 뚜벅이가 어깨를 으쓱했다.

"그렇다고 하네."

그때 쿠키가 날카롭게 질문했다.

"다운되기까지 예측 시점은 변함없습니까?"

"네, 네, 쿠키, 여전히, 56년, 7개월…… 4일, 뒤예요. 10초를, 넘기지 못하면, 기, 기간 단축, 단축이, 어려워, 서요."

56년 7개월 4일 뒤까지 그 웹사이트들이 살아남아 있을까? 원론적인 질문이 떠올랐지만 입을 다물고 있었다.

"발견, 되지 않는, 것이 중요하니, 까요."

"악성 코드를 심은 거야?"

"키, 킬로봇은! 악성, 아, 악성 코드가, 아냐!"

킬로가 나를 향해 소리쳤다.

"키, 킬로봇은, 아무, 아무런, 해, 해로운, 명령이 없어. 타깃 사이트에만, 시, 심은 것도, 아니야."

그는 열정적으로 내게 여러 가지를 설명해 주려고 애썼다. 킬로봇은 그저 킬로의 서버에서 활동하는 봇으로 오픈된 자료를 수집할 뿐이며, 그 활동 중에 '약간의 무의미한 버그'를 일으키면서 소스를 제공하는 사이트와 '자연 충돌'이 생기도록 하는 거라는 내용이었다.

뭐, 여전히 그 메커니즘을 알지 못하겠지만 말이다.

'어쨌든 56년 안에는…… 1분 정도까지는 다운되겠지.'

나는 그의 사회힉직 의도와 전문직 기술력을 순수하게 응원하기로 했다. 나도 오빠 때문에 SNS를 별로 사용하지 않기 때문이기도 했다.

   킬로의 열강 때문에 이번 주 독서 발제는 건너뛸 수밖에 없었다.
모임이 끝나자 사람들은 이전과 같이 해산했다.

   "베어, 꼭 최단 시간 목표를 이뤄서 우리에게 기쁨을 선사해 주
세요."

   "나도 응원하지."

   망치와 바우가 내게 격려를 불어넣어 주었다. 절망의 끝에서 빛
을 본 듯한 기분으로 비장하게 고개를 끄덕였다.

   "그리고 앞머리도 좀 다듬고."

   이코가 첨언했다. 쿠키 역시 굿 럭 사인을 하며 내 행운을 빌어
주었다. 마지막 두 사람은 같이 갈 것이 뻔했으므로, 내가 먼저 일
어섰다.

   "난 할 일이 없겠네."

   인사 대신 건넨 뚜벅이의 말에 나는 그저 웃어 주었다. 나는 소
울메이트인 그들을 뒤로 하고 계단을 내려왔다. 미미 할머니가 고
개를 끄덕였지만, 나는 문밖으로 나가지 않았다. 프로젝트 개시에
필요한 일이었다.

   "온 김에 참고서 좀 사려고요."

   "그렇게 하려무나."

   나는 연하늘빛 직물 원피스를 입은 미미에게 몇 가지를 물었다.

'기초' 관련 참고서에 대해서는 약간 무지했기 때문이다.

"너무 많이 사는 거 아니니, 애야. 돈은 있니?"

쌓아 올린 책들의 탑을 보고, 미미 할머니가 약간 우려하는 눈빛으로 말했다.

"이거 담보로 잡을게요."

나는 이번에야말로 성공하겠다는 다짐을 하며, 모노그램 가죽 가방을 그녀에게 건넸다.

의외로 미미 할머니는 소녀처럼 좋아했다. 그 가방의 첫 번째 착용자는 명품과 전혀 어울릴 것 같지 않지만 멋지게 소화해냈던 배달부 뚜벅이였고, 두 번째 착용자는 학교 앞 오래된 서점의 70대 할머니인 미미가 되었다. 모임에 오기 전까지는 심란하고 절망적인 상태였던 나는 서점 문을 열고 나갈 때, 아주 약간 행복한 기분을 느낄 수 있었다. 그건 미미가 아주 멋지게 그 가방을 소화했기 때문이기도 했다.

"……베어."

모든 문장에 꼬박꼬박 베어라고 불러 주는 것은 망치뿐이었다. 그러나 목소리가 조금 달랐다. 뒤를 돌아보자, 킬로의 하얀 얼굴이 망설이는 표정으로 나를 보고 있었다.

"너 안 갔어? 뚜벅이는?"

"누나는, 갔어."

뚜벅이의 껌딱지인 킬로였다. 의아해하는 내게 킬로가 느릿하게 말했다.

"시간, 좀, 내."

*

유일하게 모임원 중에서 모자가 바뀐 킬로는 녹색의 야구 모자를 쓰고 있었다. 우리는 근처의 패스트푸드점으로 들어갔다. 킬로의 강력한 주장이 있었기 때문이다.

"햄버거 말고는, 안 먹어."

"……그래."

가까이에서 본 킬로는 오빠 못지않게 하앴다. 나는 그것이 킬로의 생활 패턴 때문일 거라고 추측했는데, 햄버거광이 피부과 따위에 갈 리가 없기 때문이었다.

킬로는 순식간에 키오스크 결제를 끝냈다. 내가 본 사람 중에 가장 빨랐다.

"누나…… 아니, 뚜벅이 팔로우하지? 나랑도 맞팔해."

뚜벅이가 번지점프를 한다면 이 애는 같이 뛰어내릴지도 모른다. 아니, 확실히 뛰어내릴 거다.

우리는 음식을 기다리며 서로의 SNS 아이디를 교환했다.

"384번 손님."

호출음과 함께 전광판에 숫자가 떴다. 일어서려는 킬로에게 앉아 있으라고 하고 음식을 받아 돌아왔는데, 킬로가 내 휴대폰을 마음대로 만지고 있었다.

"전화 왔어. 최, 은성? 익숙, 한 이름인데."

"내꺼."

"그…… 진동이, 울, 리다가, 테이블 밖으로, 떨어질 거 같아서……."

"알았어."

짜증이 치솟았다. 킬로는 눈치 없이 계속 말을 이어갔다.

"최은성, 내가 다닌, 학교, 선배였다고, 들었어."

"○○중?"

"응. 혹시, 내가 아, 아는 사람이야? 아니면, 동명이인?"

나는 짜증을 삭히면서 대답했다.

"몰라. 나도 모르는 사람이야."

"그런데, 왜, 저장해 놔?"

"……."

내가 대답하지 않자 킬로는 버거의 포장을 뜯어 한 입 삼켰다. 우리는 잠시 입을 다물고 시킨 메뉴에 집중했다.

"그래서 날 보자고 한 이유가 뭔데."

"누나, 괴롭힌 사람이, 고명경이라는 인간이야?"

킬로는 내 대답을 기다리며 아무렇지 않게 내 감자튀김을 집어

먹었다.

"걔가 말 안 했어?"

"오늘, 알았는데."

"……."

'뚜벅이랑 그렇게 친하지는 않은 건가.'

밀크셰이크를 빨아 마시며 킬로의 눈치를 살폈다.

"하루면, 고명경이라는 이름을, 가진 전 세계 사람의, 소, 소셜 미디어 계정을, 모두 훑어올 수, 있어. 이, 일주일이면, 그중에, 필요한 걸, 솎아낼 수 있고."

"그래서?"

"더 자세한 정보를 알려 주면, 시간이, 조금 더 다, 단축되겠지."

"뭐…… 그 복수라도 대신해 주려고?"

햄버거를 씹던 킬로의 턱이 잠깐 멈췄다가 다시 움직였다. 그는 입에 든 햄버거를 모두 삼킨 후에야 대답했는데, 아마 그 시간이 버거를 기다린 시간보다 길었을 것이다.

"네 프로젝트에…… 도움이 될, 지도 모르잖아."

궁리 끝에 나온 말은 내 핑계였다.

"공공의 적이다, 이거지?"

"……."

"모든 프로젝트는 독자적으로 진행하는 게 원칙이라며."

"누나는 너, 널 돕잖아. 나도 도울래."

킬로가 받아쳤다. 하지만 더 큰 장애물이 남아 있었다.

"만약에 네가 돕는 걸 뚜벅이가 원하지 않는다면 어쩔 건데?"

킬로가 '고명경 복수'에 참여하는 것을 뚜벅이가 원할지는 미지수였다.

'킬로의 도움이 필요했다면, 뚜벅이가 킬로에게 고명경의 이름부터 먼저 말해 주지 않았을까? 그랬다면 킬로가 일주일간 고명경의 모든 정보를 수집해 왔을 텐데.'

내가 감자튀김을 모두 해치울 때까지, 우리는 서로 각자의 생각에 잠겨 있었다.

"그런데, 네 타깃은 왜, 스물여섯 명이나, 돼?"

킬로가 불쑥 다른 주제를 꺼냈다.

"뭘 들은 거야. 우리 반 인원이 나 빼고 스물여섯 명이라니까."

"그 사람들이, 다 너를 괴롭히는 건, 아닐 거잖아."

"……."

"그런 논리라면, 너, 너도, 누나에게 빚이, 있는 거 아냐?"

들고 있던 밀크셰이크를 내려놓자, 플라스틱 테이블에서 작게 소리가 났다.

"이 머리카락, 반 애들이 전부 보고 있는 가운데서 고명경에게 잘린 거야."

"그래서?"

"그때 난 필사적이었어. 단 한 명이라도 내 아군을 찾으려고 했단 말이야. 교탁에 서면 모든 애들이 보여. 그런데 한 명도 빠짐없이 다들 깔깔대면서 웃더라. 난 매일 밤마다 걔들이 웃는 모습이 떠올라서 잠을 잘 수가 없어, 지금도."

"……."

"그런데 걔들은 그래 놓고도 숙제를 서로 베끼고, 즐겁게 피구를 하고, 매점에서 군것질을 하면서 아무렇지 않게 일상을 즐기고 있더라."

"……."

"난 뚜벅이의 이마에 흉터가 있는지도 몰랐어. 아마 나였다면…… 나였다면, 최소한 그런 장면에서 웃지는 않았을 거야."

나는 내가 그렇게 손을 꽉 쥐고 있는지 몰랐다. 킬로가 내 손을 잡더니 주먹 쥔 손가락을 하나하나 떼 주었다. 약간 당황스러운 스킨십이었는데, 킬로는 아무렇지 않은 듯했다. 그 덕분에 나는 조금 분노를 가라앉힐 수 있었다. 찬 음료를 마셔서 그런지, 목소리가 조금 갈라져 나왔다.

"나는 뚜벅이 친구야."

"그건 나, 나도, 마찬가지야."

"그리고, 뚜벅이가 원하지 않으면 나도 원하지 않아."

나는 이코의 말투를 따라 단호하게 말해 보았다. 킬로는 약간 입술을 비죽이더니 자리에서 일어났다.

"뚜벅이가 네 도움을 원했다면, 훨씬 전에 너한테 먼저 말했을 거야."

　나는 이 애의 도움이 어떤 영향을 불러올지 알지 못한다. 예상외의 변수는 쳐내는 게 안전했다. 그리고 나는 뚜벅이와 이 애의 관계나 감정에 영향을 주고 싶지 않았다. 킬로는 가만히 고개를 끄덕이더니, 제법 간절해진 눈으로 나를 바라보았다.

　"오늘 일 말하지 마, 누나한테는."

　"왜?"

　"말할 거야?"

　"알겠어. 비밀로 할게."

　우리 또래 무리가 들어왔는지, 갑자기 주변이 소란스러워졌다. 그는 문 쪽을 흘끔 보더니, 내게 짧은 인사를 했다.

　"다음 주에 봐."

　녹색 모자를 푹 눌러 쓴 킬로는 패스트푸드점을 순식간에 나가버렸다. 홀로 남은 나는 밀크셰이크를 조금씩 빨아먹었다. 새빨개진 얼굴이 가라앉을 때까지, 시간이 필요했다.

이득은 좀 더 가시적이고
확실한 것이어야 했다

지난주 토요일, 나는 모노그램 가죽 가방을 미미 할머니에게 담보로 잡히고, 대신 '기초'나 '기본'이 쓰여 있는 학습지들을 잔뜩 구매했다.

"자, 보자…… 총 세 권 맞으시지요?"

계산대에 서 있는 미미에게 다가갔다. 먼저 온 손님이 산 책의 바코드를 찍고 계산하는 그녀를 관찰했다. 자줏빛 실크 스카프와 앙고라 스웨터, 할머니가 입기에는 대담한 듯한 짧은 기장의 녹색 원피스. 온통 관리가 힘든 재질이었다.

"얘, 너 왔구나."

미미의 자주색 스카프는 모노그램 가방과 맞춘 게 분명했다.

"안녕하세요, 미미 할머니."

"그런데 이거 언제까지 여기 쌓아 둘 거니? 이제 좀 가져가렴."

외상 영수증과 함께 그녀가 봉지에 넣어준 책들은 9개 과목, 총 16권이었다. 그 책들은 이틀 전 결제한 그대로 계산대 끝에 쌓여 있었다.

"이왕 외상으로 하시는 김에 서점 2층도 잠시 빌려 주시면 안 돼요?"

"그러려무나."

"그러니까 나한테 '그걸' 같이 해 달라?"

전화기 속 뚜벅이의 목소리는 고요했지만, 불만의 뉘앙스를 품고 있었다.

"도와준다며. 내일 나 학교 끝나고 바로 미미 책방으로 갈 건데, 와 줄 수 있지?"

"……."

"너한테 나쁠 건 하나도 없잖아."

"좋을 건 뭔데."

"맛있는 거 시켜 줄게. 네가 아는 맛집 중에 제일 비싼 걸로."

"하아……."

그녀의 긴 한숨 소리가 전파를 타고 전해졌다. 사정사정해 오케이를 받아내자마자, 노크도 없이 엄마가 들이닥쳤다.

"얘기 좀 하자."

반사적으로 입고 있던 후드를 머리에 푹 내려 썼다. 엄마는 팔짱을 끼고 있었다.

"이유가 있다면 말해 봐."

"뭘."

"준비물 빼먹어서 엄마 호출한 건 그렇다 쳐. 논술 학원은 이제 아예 안 다닐 생각이니?"

"다음 주부터 다른 시간대로 바꿀 거야."

"도대체 무슨 일인데!"

엄마는 속이 터진다는 얼굴을 하고 있었다.

"아까 전화, 누구야."

"같은 반 친구야."

"내가 너를 몰라? 같은 반에 친구가 있다고?"

참나, 집에도 왔었다고. 불쑥 화가 치밀었다. 한두 번 듣는 말은 아니었다. 내 스스로 하던 말이기도 했고, 누군가가 그렇게 말하면 인정하고 넘어갔으니까.

'친구 있어서 뭐 해. 시간만 뺏기지.'

그게 평소의 내 모토였다. 하지만 그 순간 엄마의 말은 내 심리적 방어를 푹 뚫고 들어왔다.

"이제 와서 사춘기니? 정신 차려, 너 지금 고2야! 남자 친구라도 사귀는 거라면……."

"엄마가 뭘 알아!"

18년 인생을 살며 질러 본 제일 큰 고함이었다. 순간 정적이 흘렀다. 벽 바로 너머에 붙어 있는 거대한 양문형 냉장고에서 모터 돌아가는 소리가 들릴 정도였다.

"……너, 무슨 일 있니?"

엄마의 목소리가 낮아졌다. 순식간에 나는 제정신으로 돌아왔다. 엄마가 알아서는 안 됐다.

"없어. 미안, 나 공부해야 하니까 나가 줘."

엄마는 머뭇머뭇하다가, 아무 말도 하지 않고 방을 나갔다. 엄마는 나보다 훨씬 약했다. 엄마가 끼게 되면, 결국 오빠까지 내 인생에 끼어들 게 뻔했다. 생각만 해도 끔찍했다. 최은성이 내 인생에 끼어드는 건 정말로 싫었다. 다시는 그런 일은 없어야 했다. 펼쳐 놓은 책 위로 과거의 기억이 조용히 떠올랐다.

"야, 이거 뭐야?"

눈에 익은 일진 무리 중 하나가 내 가방을 잡고 끌어당겼다.

"이거 신상 아니야? 이번 S/S?"

"그런 거 아니야……."

"아니긴 뭐가 아니야. 야, 벗어 봐."

"……."

"우리가 좀 빌려도 되지? 하루만 쓰고 줄게."

"……아니."

"야…… 야, 이거 각인 새겨져 있는데?"

"각인?"

"응, 이거 스펠링 최은성 아니야?"

가방을 뺏어 오기 위해 애를 썼지만 소용없었다. 중학교 3학년, 당시 내 키는 149센티미터였다. 하지만 키가 컸어도 그런 애들은 도무지 이길 수가 없었을 것이다. 손길에 내쳐져 복도 바닥으로 처박혔을 때 나는 운명을 직감했다.

"에이, 설마. 짭 아냐?"

"짭에 각인을 해? 이거 설마…… 너 뭐냐?"

똥머리를 한 여자애가 나를 내려다보며 물었다. 그 애는 내가 인간인지, 여성인지, 청소년이 맞는지 따위를 묻는 게 아니었다.

"너 누구야? 최은성이랑 무슨 관계야?"

나는 대답하지 않았다. 그 이후에도 마찬가지였다. 그 질문에는 누구에게도 대답하고 싶지 않았다.

"혹시 그 애 아세요? 이 학교 애라고 하던데. 아이돌 최은성 각인한 가방 멨다는 애요."

"전 그런 거 몰라요."

며칠 뒤, 학교 정문 앞에서 기자인지 사생팬인지 모를 여자를 만났을 때도 마찬가지였다. 나는 그녀 앞에서 대놓고 얼굴을 찌푸렸다.

"전학 갈래."

내 말을 들은 엄마가 혀를 찼다. 엄마는 예전의 모습이 싹 사라져 있었다. 입가에는 활기가 돌았고, 처녀 때 입었다던 원피스를 다시 꺼내 입고 있었다. 항상 질끈 묶었던 머리카락은 어느새 길게 풀어 잘 다듬은 모습이었다.

"어차피 한번은 알려져야 할 일이잖아."

"됐고, 나 전학 보내 줘."

"너 사춘기라고 티 내? 그냥 다녀! 얘는 뭘 그런 걸 가지고…… 오빠가 점점 유명해질 텐데, 너도 익숙해져야지!"

엄마는 안 무서워? 전 국민이 오빠를 알게 될지도 몰라.

그리고 그 사람이, 아빠가, 우리를 다시 찾아올지도 몰라.

그 말이 목젖을 쳤다. 구역질이 올라왔다. 하지만 나는 엄마의 표정이 바뀌는 걸 보고 싶지 않았기에 입을 꾹 다물었다. 모처럼 엄마에게 어울리는 차림새였다. 엄마가 다시 과거로 끌려가는 것은 생각만 해도 싫었다.

"전학 보내 줘. 아니 엄마, 우리 이사 가자."

이사 가자. 그 말에 엄마의 표정이 흔들렸다. 사실은 엄마도 알고 있는 거야.

"이사는…… 하긴 갈 때가 됐지. 이 집도 오래됐고…… 네 교육 환경도……."

그렇게 낡은 연립 다세대 주택을 떠날 때, 옛 동네를 등지고 트럭에 올라탈 때, 나는 하나도 슬프지 않았다. 그리고 사오했다. 아무도, 더 이상은 그 누구와도 친해지지 않겠노라고.

그 다짐을 새카맣게 잊어버리고 화를 내다니.

판단력이 흐려진 게 틀림없다.

다시 벽을 타고 냉장고 소리가 들려 왔다. 나는 다시 책에 집중하려고 노력했지만, 양주홍의 얼굴이 글자 사이로 스멀스멀 올라왔다. 남색 모자와 흰색 자전거도.

"빨리 주홍이랑 공부하고 싶다……."

*

인간의 변연계가 해마 옆에 달려 있어서, 감정적 스트레스가 기억력에 영향을 미치는 걸까?

내 추론일 뿐이지만, 고명경 무리가 나를 괴롭혔던 기억이 쌓여 가며 악영향을 미치고 있는 것이 틀림없다.

"그럼 나쁜 기억을 줄이면 되겠네."

앞에서 볼펜을 돌리던 주홍이가 말했다.

"그래서 너랑 공부하는 거잖아."

주홍이는 내 감동적인 대사는 전혀 신경쓰지 않고, 하던 일을 계속했다. 내가 중요한 부분에 밑줄을 쳐서 넘겨 주면 주홍이가 노트에 정리하는 식이었는데, 의외로 주홍이의 글씨는 정갈했다.

"……이거 어차피 쓸데없는 질문인 거 아는데."

좀 재수 없긴 한데, 어차피 '기초'라는 단어가 제목에 들어간 문제집에서 내가 모르는 것은 없다. 이왕 주홍이와 즐거운 추억을 만드는 김에 이야기를 좀 나누고 싶었다.

"학교 다닐 때 공부 잘했어?"

양주홍이 고개를 들어 나를 보자, 이마를 덮는 남색 앞머리 사이로 희미하게 그녀의 상처 자국이 보였다.

"너, 나한테 정말 관심 없었구나?"

글쎄, 나는 내 공부하느라 바빠서 말이야. 내 앞에 열네 명이 있더라도, 혹은 두 명이 있더라도 그 사람들의 이름과 얼굴이나 반을 외우는 건 너무 시간 낭비가 아닐까?

"나보다 공부를 잘하거나 못한다고 해서 그게 어떤 사람인지가 중요해? 난 내 앞에 몇 명이 있는지가 훨씬 중요한걸."

어차피 양주홍과 나는 '친구'였으므로, 거의 솔직하게 말해 주었다.

"답이 없네."

"……답이 없어? 내가 체크해 놨을 텐데."

"그 답이 아니라……."

주홍이가 밀크티를 한 입 마셨다.

"나야 그렇다 치고, 넌 왜 다른 사람한테 관심도 없으면서 국어 영역에 그렇게까지 열을 올리냐. 대충 1등급만 맞으면 되잖아."

"나 판사가 될 거야."

"……알 만하네."

양주홍의 한쪽 입가가 비스듬히 올라갔다. 알 만하다? 이거 비꼬는 거 맞지? 국어에 취약한 나지만 그 정도는 알 수 있다.

"미래 AI 판사들과 충분한 경쟁이 되겠어."

"왜 물어본 거에 대답은 안 하고 비꼬기만 해?"

"넌 기분이 좋겠어? 일도 못 하고 너한테 잡혀서 공부나 하고 있다고."

"난 오늘 중에 지금이 기분 제일 좋은데."

"……."

['우리 동네에서 제일 맛있는 왕족발' 배달이 접수되었습니다. 예상 도착 시간 XX:XX:XX.]

타이밍 좋게 문자가 날아들었다.

[바로 시켰어. 근데 그런 낡아 빠진 서점에서도 스터디 장소를 대여해 주나 보네.]

나는 미간을 펴려고 노력했다. 방금까지만 해도 기분이 좋았었다고.

[스터디 이름이 AA랬나. 이상한 모임은 아니지?]

아, 표정 관리 실패다.

앞에 있던 주홍이가 내 얼굴을 빤히 들여다보고 있었다.

"뭔데, 급한 일이라도 생겼음?"

"아니. 급한 건 아닌데, 좀 짜증이……."

"고명경? 디엠 와? 혹시 사이버불링?"

고명경이 나한테 족발을 시켜줄 리는 없다. 최은성이었다. 돈이 없어서 쓸 수밖에 없는 치트키였다. 별로 쓰고 싶지 않았지만, 주홍이와의 약속이었다. 그녀를 실망시키고 싶지 않았다.

"그건 아니야."

"그럼 뭔데?"

"오빠."

"오빠 있었어? 외동인 줄 알았는데."

"……그래 보여?"

"응."

잠시 침묵이 흘렀다.

"근데 너희 오빠가 왜? 뭐 시켜?"

"아니."

"그럼 뭐가 문제?"

나는 애써 못 들은 척, 다른 말을 꺼냈다.

"주홍아, 멤버가 아닌데 우리 모임에 대해서 물어보면 대답하지 않는 게 규칙이랬지?"

"그렇겠지? 뭐…… 상황에 따라 다르겠지만."

"그럼 AA 규칙을 지켜야겠어."

[나 공부 중. 답장 못 해.]

아자.

[잘 먹을게.]

문자를 보내고 나서 휴대폰을 아예 껐다. 주홍이가 내 쪽을 빤히 바라보고 있었다.

"주홍아, 우리 이제 공부에 집중하자."

"난 아까부터 그러고 있거든. 그리고 공부가 아니고 프로젝트야."

주홍이의 말에 다시금 웃음이 실실 흘러나왔다.

예상 도착 시간 5분 후, 나와 주홍이는 나란히 앉아 족발을 뜯었다. 미미는 몫을 덜어 가져가니, '이 나이에 고기는 소화가 안 된다'면서 거절했다. 최소 3인분은 되어 보이는 족발을 둘이서 거의 해치웠을 때는 해가 이미 져서 창밖이 새카맣게 변해 있었다.

"너 아까 질문에 대답 안 했어."

"무슨 질문?"

마지막 쌈을 입에 넣으려던 주홍이가 나를 바라보았다.

"너 공부 잘했냐고 물었는데, 갑자기 내 인간성 디스로 흘러갔잖아."

"내가 언제?"

"AI 판사 얘기하면서."

"……그랬군. 오늘 너랑 있으면서 내 기억력도 좀 안 좋아졌나."

주홍이의 말투가 왠지 바우를 연상하게 했다. 나는 그의 낚시 모자를 떠올리며, 그의 프로젝트는 무엇일지 잠시 생각했다.

"하지만 AI라는 단어에 화가 나지는 않았어. 로봇이야말로 득

도에 이른 자들이잖아. 인간이 아무리 삽질을 하고 헛소리를 해대도 반복해서 설명해 주던걸."

"어떤 게?"

"네비게이션. 엄마가 두 번째로 많이 싸워 대는 대상이거든."

"첫 번째는 너고?"

"머리 회전이 빠르구나?"

양주홍이 쌈을 입에 넣고 우물거리면서, 자신이 필기하던 노트의 빈 종이를 한 장 북 찢었다.

펜을 쥔 주홍이가 수도 없는 숫자와 기호들을 적어 나가기 시작했다. 나는 그 문제의 답이 뭔지는 몰랐지만, 문제가 뭔지는 알 것 같았다.

"너도 봤었지, 교내 경시대회."

"……이거 마지막 문제잖아. 너 이거 푼 거야?"

나는 줄줄 적혀 있는 문제풀이를 보고 적지 않게 놀랐다. 내 기억으로 그 문제를 맞힌 사람은 교내에 단 한 명뿐이었고, 그 사람이 금상을 탔다고 했다.

그래, 우리 반이었던 거 같기도 했는데.

"잘하는 건 수학뿐이라."

"왜 우리 학교 왔어? 바로 옆 동네에 과학고도 있는데."

"세상에 도움 되는 일은 하기 싫어서."

"그래도 자퇴할 필요는 없었잖아. 국제 대회 나가면 수시 전형으로 꼭 수학과 아니더라도 다른…….”

“말했잖아. 세상에 도움 되는 일은 하고 싶지 않다고.”

그녀가 쌈을 씹어 삼켰다. 주홍이와 나 사이에는 몇 광년이나 되는 거리가 있다는 걸 깨달았다. 서로의 삶의 방식, 생각하는 것, 지향점이 너무 다른 탓이다. 나는 계속 ‘아깝다’라는 생각을 하며 국사 문제집에 밑줄을 그어댔다.

“……수능은 볼 거지?”

“자꾸 똑같은 말 하게 할래?”

아니, 도대체 왜?

우리 학교는 그렇게 후진 편은 아니었다. 물론 건물은 구식이고 냄새도 났지만, 유명한 대학에 합격한 수많은 선배가 있었다. 그 많은 아웃풋 중에서, 양주홍이 가장 수학을 잘 하는 선배로 남을 수도 있던 것이다.

교내 경시대회 문제를 아무렇게나 찍지 않고 모두 풀었고, 거기서 금상을 탔다. 주홍이는 연말에 국제올림피아드에 나갈 기회를 가질 수도 있었다. 그럼 주홍이는 자퇴생이 아니라 졸업생으로서 이 세상에 도움이 되지 않으려고 할 수 있었을 것이다. 하지만 그때쯤 주홍이는 이미 자퇴한 뒤였다. 안 지 3주 남짓 된 친구지만, 형용할 수 없는 황당함과 안타까움이 밀려들었다. 그리고 곧 분노가 뒤를 이었다.

‘뻔하지. 그년 때문이잖아.’

그 애의 가려진 이마 쪽 상처를 흘끔 바라보며, 한 가지 결심을 했다. AA 프로젝트가 끝나면, 나는 1년 동안 이 애를 도울 것이다. 반드시.

＊

오늘도 교실에서 누군가의 발에 걸려 넘어질 뻔했다. 하지만 경험치는 무엇에나 쌓이는 법이다. 급하게 방향을 바꿔 발을 피했을 때, 그 뒤에 앉아 있던 파마머리가 내게 비웃는 표정으로 엄지를 치켜올렸다. 그러나 하나도, 정말 하나도 기분이 나쁘지 않았다. 내 손에 주홍이와 함께 만든 프로젝트의 결과물이 들려 있기 때문이다.

교탁에 서자 몇몇 아이들이 나를 무심한 눈으로 바라보았다. 그 시선에도 익숙해진 건지, 이제는 별다른 감정이 일지 않았다. 고명경이 나를 빤히 바라보며 말했다.

"뭐야, 독서가 뭐 나눠 주래?"

독서는 도서부 샘의 담당 과목이다. 나는 고개를 저었다. 그리고 세 장짜리 프린트물을 앞줄 아이들에게 나눠 주었다.

"내가 정리한 이번 중간고사 요약집이야. 이건 사회문화고, 다음에는 고진시가야."

내 말에 가장 빠르게 반응을 보인 건 고명경이었다. 그녀는 자기 손에 쥐여진 세 쪽짜리 프린트물에서 눈을 떼지 못했다. 기초 교육 9년, 고등교육 2년 차에 접어드는 나의 급우들은 반사적으로 프린트물을 착착 뒤로 넘겼고, 곧 모두의 눈이 고명경과 같이 커졌다.

"기말고사 전까지 제공할 테니까, 나를 가만 놔둬 줘. 이후에도 나를 괴롭힌다면 나도 양주홍처럼 자퇴할 테니까."

교실이 일순간에 술렁였다. 이런 상황을 예상한 사람은 아무도 없었을 것이다. 공부와 석차밖에 모르는 내가, 사람을 이름보다 등수로 기억하는 내가, 자신의 요약 정리를 반 전체와 공유하다니.

'쟤 얼마 전에 교무실에서 문제 하나로 선생님이랑 싸운 애 맞아?'

모두가 그렇게 생각하고 있을 게 틀림없다. 나는 AA 멤버들 앞에서 몇 번이나 연습했던 대사를 이어 나갔다.

"암기 과목 위주로 돌릴 테니까, 그렇게 알아. 두 번 말 안 해. 교복에 구멍 뚫거나, 가방을 커터 칼로 긁는 유치한 짓을 한 인간이 누군지 모르겠지만……."

나는 고명경을 보지 않으려고 애썼다.

"쉽게 성적 올리고 싶다면, 더 이상 그런 짓은 하지 않는 게 좋을 거야."

나는 속에서 끓어오르는 첫 계획 성공에 대한 희열을 숨기기 위해 애를 썼다. 나는 '괴롭힘을 피하기 위해 타협하며 지냈지만, 이제는 한계에 다다라 뭔 짓을 할지 모르는 애'처럼 보여야 하기 때문이다. 의기소침하고 조금 기운이 빠진 듯한 표정으로 자리로 돌아오자, 옆에 앉아 있던 포니테일이 무려 한 달 만에 내게 다시 말을 걸었다.

"이거, 그냥 다른 애가 한 거 대신 뿌리는 거 아냐?"

"너희가 잘 알잖아. 나 친구 없는 거."

"어?"

"아니면 나 친구 없다는 거, 기어이 본인 입으로 듣고 싶어서 그래?"

내 말이 끝나기 무섭게 앞뒤 양옆의 애들이 포니테일을 바라보았다. 둔한 편인 내 눈에도 그게 보였다. 그건 닥치라는 신호였다. 암묵적인 룰이 학급 안에서 빠르게 형성되고 있었다.

쟤 건들지 마.

나는 고명경의 시선에서 확신했다. 눈이 마주친 고명경이 순식간에 고개를 돌렸다. 그 애야 말로 내 필기가 세상에서 제일 절실한 사람이었다. 한 번도 1등을 해 본 적 없는 전교 21등. 우리 반 2등. 내가 한 문제의 X표를 보고 좌절할 때, 열몇 개의 X표를 세어야 하는 만년 2등.

즉, 주동자인 고명경부터 나를 건드릴 수가 없었다.

그 애의 이득은 좀 더 눈에 보이고 확실한 것이어야 했다. '괴롭힐 시간에 공부한다'라는 선택은 그 애에게 확실한 이득을 보장

하지 않았던 것이다. 그 애의 이득은 '내 앞의 한 명이라도 없애는 것'이었고, 나는 돌대가리 같은 고명경에게 보다 확실한 이득이 무엇인지를 알려 줘야 했다.

이코의 조언은 유효했다.

'네가 할 수 있는 걸 하라고.'

지우개는 던질 수 없었다. 그래서 제일 익숙한 걸 하기로 했다. 가장 처음부터 힌트가 숨겨져 있었다.

두 달 내에 나의 AA 프로젝트를 끝낼 수 있다는 희망이 보였다.

*

나는 친구가 없다.

아니, 없었다. 나는 재스민차와 미니 약과가 놓인 트레이를 바라보았다. 내 친구는 미미가 올려다 준 간식도 쳐다보지 않은 채 열심히 필기에 매진하고 있었다. 저절로 흐뭇한 기분이 들어 말을 걸었다.

"주홍아, 대학 가면 재미있겠지?"

"또 그러네."

"막 카페인 중독처럼 심장 뛰는 사랑도 하고."

"심장이 뛰긴 하냐?"

"지금도 엄청 뛰는데."

"……말 시키지 마. 공부하잖아."

"공부해서 뭐 하게? 대학도 안 갈 거면서."

아이씨! 소리를 친 양주홍이 펜을 탁 내려놓았다.

"너 때문에 하는 거잖아! 네 프로젝트 때문에!"

"요새 너무 기분 좋아. 막 불안할 정도로."

"내 평안과 행복을 네가 모조리 뺏어 가서 그런가 봐."

그런 것 치고는 너무 열심이라고 생각하는데.

"도대체 왜 대학을 안 가려는 건데? 대학 가 봤자 얼마나 쓸모 있는 사람이 된다고……."

씹으면서 중얼거리다보니 약과가 끈적하게 어금니에 달라붙었다. 혀로 아무리 밀어 보아도, 마치 접착제로 붙인 듯 떨어지지 않았다. 얼마 전에는 이 사이에 귤껍질이 껴서 곤욕을 치렀었다.

그러고 보니 스케일링 받은 지가 얼마나 됐더라. 쩝쩝대며 약과를 떼던 나를 주홍이가 한심하게 바라보았다.

"……진짜 시끄럽네."

이제 기말고사까지 2주 남짓 남아 있었다. 아무도 내게 시비를 걸지 않았고, 아이들은 내게 과학이니 체육이니 변경된 시간표나 과제를 모두 공유해 주었다. 고명경은 내 시선을 의식적으로 피했지만, 내가 돌리는 프린트물만큼은 뚫어져라 보고 있었다.

모든 계획이 착착 진행되었다. 그야말로 청신호였다. 이제 나와

주홍이의 공부도 공식적으로는 단 두 번밖에 남지 않았다.

'기말고사 D-1 총정리 오답 노트'. 그것만 끝나면 모든 게 정리될 터였다.

나는 느슨해진 마음으로 주홍이에게 물었다.

"혹시 이 주변에 치과 없냐?"

"하."

양주홍이 펜을 소리 나게 내려놓으며 한숨을 쉬었다.

"아니, 이에 자꾸 끼잖아."

내가 지레 찔려 말했다. 주홍이가 나를 말없이 응시했다. 그 애는 내 얼굴을 뚫어져라 보고 있었다.

"이보다 중요한 건 네 머리 아니야?"

"조금 시끄럽게 굴었다고 미친 사람 취급할래?"

"아니, 아니."

주홍이가 혀를 찼다. 그 애가 일어서서 내 쪽으로 고개를 기울였다. 짙은 남색의 머리카락이 찰랑거렸다. 주홍이는 내 앞머리를 쭉 잡아당겼다.

"치과보다 미용실이 더 급한 거 아니냐고. 언제까지 이러고 다닐 건데?"

"티 안 나잖아."

"티가 안 나?"

"아무도 이상하다고 말하지 않는다구."

"내가 방금 말했잖아."

"이상하다고?"

"미용실이 급하다고."

주홍이가 다시 한번 혀를 찼다. 그녀는 서점 2층 다락 한 켠에 쌓여 있는 노끈과 책들 사이에서 가위 하나를 찾아 왔다.

"너 설마……."

"자르자."

"네가 미용사야?"

"내 머리도 내가 자르는데?"

"그건 네 머리잖아."

"뭐가 달라? 같은 머리카락인데."

주홍이가 수학 천재라 그런가, 내가 국어 실력이 부족하기 때문인 건가. 도저히 말로 이길 수 없는 상대였다. 주홍이가 어디서 잡지 부록으로 온 듯한 커다란 달력의 중간을 뚫어 내 목에 둘렀다.

"잠깐만."

"뭐가 됐든 이 상태보다는 나을 거야."

순식간에 잘린 머리카락이 흩어지며 떨어졌다. 그 순간 나는 내가 왜 미용실에 가지 않았는지를 깨달았다. 강제로 머리를 잘리던 그때의 느낌을 기억하고 싶지 않았기 때문이다. 순간, 양주홍의 목소리가 들렸다.

"훨씬 낫네."

그 애의 낮고 차분한 목소리가 나를 안심시켰다. 주홍이가 웃었고, 나는 그 애의 가지런한 치아를 보고 똑같이 웃었다. 좋은 기억이 나쁜 기억을 덮어 준다더니, 내 상처도 그렇게 아물고 있었다.

"주홍아."

"돈 안 줘도 돼."

"프로젝트 끝나면, 나랑 대학 가자."

"……."

"요새는 미용사도 대학 간대."

주홍이가 진지한 표정으로 고개를 저었다.

"싫어. 난 아무것도 되지 않을 거야."

그렇게 말한 고집쟁이 양주홍이 다시 가위를 든 손을 움직였다. 마루의 먼지와 머리카락 사이로, 늦은 석양 한 조각이 조금씩 끼어들었다.

＊

저녁을 먹기 전, 나는 휴대폰으로 이 근처의 치과를 뒤졌다.

"이름 봐. 순망치한 의원. 이상하지 않냐? 한의원 같잖아."

"제대로 읽어. 순망치한 치과의원이잖아."

"이름이 뭐 이따위람."

"참고로 거기 망치네 치과야."

주홍이가 아무렇지 않게 망치의 신상 정보를 공개했다. 아무래도 그 규칙에 민감한 건 쿠키나 망치뿐인 듯했다. 자영업자라서 그런가.

"뭐라고?"

"멤버는 15퍼센트 할인이야. 돈 없으면 가 봐."

"15퍼센트 할인? 신상 정보는 공개하지 않는다면서 멤버인 줄은 어떻게 알아?"

"마케팅 전략이지."

주홍이가 아무렇지 않게 대답했다.

나는 지금 이름이 요상한 치과에 와 있다. 순망치한 치과의원. 도대체 왜 이름을 그렇게 지었을까? 이것도 마케팅 전략의 일종일까?

'입술이 없으면 이가 시렵습니다.'

웃고 있는 이빨 모양의 캐릭터 위로 그런 말풍선이 보였다. 그 이상하기 짝이 없는 이름 외에는 크림색 벽에 대리석 바닥이 깔린 깔끔하고 고급진 치과의원이었다. 아, 대기석 의자가 조금 적은 것 같기는 했다.

"처음 오셨어요?"

"네."

접수를 하고 대기를 기다리고 있자니, 약간 어이가 없어졌다.

'어딘가 비싼 옷과 장신구를 하고 있기는 했지만, 치과 의사였을 줄이야.'

이름이 불리고, 나는 진료실로 들어갔다.

"어서 오세…… 아?"

"아하하, 안녕하세요."

어색하게 웃자, 마스크를 쓰고 있는 망치도 어색하게 웃었다.

"소개로 왔습니다."

"네…… 그렇군요."

망치의 눈이 대기실에서 봤던 캐릭터처럼 휘어졌다.

"스케일링 하려고요. 썩은 이 있으면 진료도 받고……."

"네. 누우세요, 환자분."

망치는 어쩐지 기계적으로 말했다. 응대 매뉴얼이 있는 모양이었다. 나 역시 매뉴얼처럼 진료 의자에 몸을 기댔다. 입을 벌리면서 나는 벽에 걸린 익숙한 중절모를 발견했다.

개구기를 껴서 웃을 수 없는 게 아쉬웠다. 망치가 조그만 거울이 달린 쇠막대를 내 입에 기울여 넣었다.

"그만 보고 눈 감으세요."

베어.

마스크 속 망치의 입술이 그렇게 움직이는 듯했다.

진료는 빨리 끝났다. 썩은 이가 하나 있기는 했지만, 그냥 둬도 된다고 했다. 대면 업종 특유의 미소를 짓고 있던 간호사가 나를 위아래로 슥슥 훑었다.

"그 앞머리, 요새 유행이에요?"

나는 뭐라 대답하기 어려워 그저 고개만 끄덕였다. 삐죽삐죽한 것을 없애면서, 뚜벅이가 내 앞머리를 짧게 만들어 놓은 것이다.

"예쁘다. 요새 친구들은 참 그런 것도 빨라."

그렇게 말한 간호사가 수납 데스크 옆의 상자를 가리켰다.

"저거 가져 갈래요?"

"뭔데요?"

"구강 청결제 샘플이에요. 공짜. 필요하면 가져 가요."

상자에는 드럭스토어 어디에나 볼 수 있는 얇은 스틱형 샘플이 가득 들어 있었다.

"홍보용이니까 우리 치과 많이 소개해 주시구요."

"아, 네……."

15퍼센트 할인이라더니 가격 그대로 다 받았네. 진료비를 지불한 나는 다소 시무룩한 표정으로 나왔다. 체크카드의 잔액은 아마 2천 원도 남아 있지 않을 것이다.

버스 정류장에서 혹시 잔돈이 있나 싶어 패딩 주머니를 뒤적이고 있는데, 휴대폰이 울렸다. 모르는 번호였시만 삼이 왔다.

"베어! 다행이다. 전화번호가 맞았네요."

"어, 의사 선생님?"

"선생님은 무슨. 진료비 할인 못해 줘서 미안해요."

"에이, 뭐 얼마나 한다구요. 그거 때문에 전화하셨어요?"

"아니, 그건 아니구요."

갑자기 망치의 목소리가 작고 낮아졌다. 나는 덩달아 긴장하며 휴대폰의 윗부분을 귓가에 바짝 가져다 댔다.

"혹시, 최은성 씨 동생이에요?"

"……"

"미안, 의료보험 기록에 보이길래. 근데 베어, 따돌림 당하는 거 가족에게 안 알려도 되겠어요? 부모님이 아니라면 은성 씨한테 만이라도……."

"안 돼요, 절대 안 돼요!"

내 몸 속 어디에 그렇게 큰 고함이 들어 있었는지, 지나가던 사람들이 다 이쪽을 봤다.

"베어, 진정해요……."

"알잖아요, 망치. 우리 멤버는 누구에게도 의존하지 않고 독자적으로 프로젝트를 수립해서 실행에 옮기는 거잖아요! 망치도 알잖아요."

"그렇지만 내일 은성 씨 예약인데, 내가 베어 양 얘기를 안 하고 있기에는 양심에 찔려서……. 은성 씨가 항상 올 때마다 말하거든요."

"뭘 말하는데요."

"동생 얘기요."

타이밍 좋게 버스가 왔다. 뒤에 서 있던 아저씨가 내게 물었다.

"학생, 안 타요?"

나는 망치에게 대충 인사한 뒤에 통화를 끊었다.

버스에 탄 나는 패딩 주머니 속에 든 작은 5밀리리터짜리 얇은 원통형 병을 쥐어 보았다. 손끝이 차가워졌다.

마치 그 병이 얼음이라도 된 것 같았다.

지옥에는 버터도 설탕도
없을 텐데

이번 주도 꾸역꾸역 지나가, 어느덧 토요일이 되었다. 나는 엄마 몰래 논술학원 선생님에게 아예 겨울방학까지 쉰다고 말해 두었다. 프로젝트가 착착 진행되면서 확실히 내 간이 조금씩 부풀고 있는 모양이었다.

오늘은 망치의 프로젝트 진행 상황 보고가 있는 날이다. 차가운 손끝을 비비며 자리에 앉자, 미리 와 있던 쿠키가 내게 차를 따라 주었다.

"냄새 좋다……."

향긋한 모과차를 듬뿍 들이마셨다. 이코와 뚜벅이가 계단을 같이 올라왔다. 우리는 잠시 여자들끼리 수다를 나누었다. 곧 킬로가 들어오자 수다는 멈췄다. 나는 왜인지 그때 이후로 킬로를 똑바로 보기가 어려웠다. 킬로는 나를 보고 손을 들어 대충 인사하고는 뚜벅이 옆에 앉았다.

"이거, 시, 시어."

"이게 시다구?"

"설탕, 이나 꾸, 꿀 같은 거 넣을래."

이코가 고개를 흔들었다.

"과일청에 설탕을 얼마나 들이붓는데 또 꿀을 탄다고? 모과가 신 과일도 아니고. 그냥 마셔."

"시, 신 거를, 시다고 마, 말도 못 해요?"

"어디서 신맛이 난다는 거야."

이코가 고개를 절레절레 저었다. 킬로가 입술을 비죽였다. 왠지 귀여웠다.

"근데 마실 때 약간 신맛이 나긴 했어요."

나는 킬로의 편을 들어 주었다. 킬로가 사료 냄새를 맡은 멍멍이처럼 나를 보더니 의기양양하게 말했다.

"베, 베어도 나, 난다잖아요."

"그러고 보니 미묘하게 신맛이 납니다. 아마 매실이랑 같이 담근 게 아닐까 싶습니다."

쿠키가 참참거리며 차를 몇 모금 입에서 굴려 보더니 확신을 했다.

"매실 모과청 맞습니다. 틀림없습니다."

"봐, 쿠, 쿠키도 그러잖아. 이, 이코는 알지, 알지도 못하면서."

"예에, 좋겠어요. 많이 아셔서."

이코가 장난스레 말했다. 뚜벅이가 킬킬거렸다. 바우가 들어왔을 때, 우리는 가벼운 목례로 인사를 대신했다. 이보다 기분 좋을 수 없는, 토요일 오후였다. 그러나 2층 계단 난간에서 익숙한 중절모가 보이기 시작했을 때부터 나는 어딘가 불편해지기 시작했다.

"모두들 잘 지냈어요? 아, 베어도."

망치의 표정이 부자연스러운 것이 몹시 의심스러웠다.

"망치, 얘기 좀 해요."

원탁에 둘러앉은 모두의 시선이 나와 망치를 향했다. 나는 망치를 1층 서점의 '어린이' 코너로 끌고 갔다. 미미 할머니는 우리 쪽은 신경도 쓰지 않은 채 한가롭게 카운터에 앉아 라디오를 듣고 있었다.

"치과에 오빠 왔어요? 망치, 오빠랑 무슨 얘기 했어요?"

망치는 어중간한 시선으로 나를 봤다. 아마도 눈이 아니라 내 이마나 정수리쯤을 보고 있는 거 같았다.

"그냥 제가 바쁘다고 둘러대서…… 별말 안 했어요."

"진짜로요?"

"그냥 동생 스케일링하러 왔었고, 앞머리 모양이 좀 이상했다고…… 뭐, 그 정도밖에는……."

"진짜로 뭐라고 더 얘기한 거 없어요?"

"거기까지만 말했어요. 아, 은성 씨가 AA에 대해서도 말하던

데……."

심장이 철렁했다. 둘이 그렇게 친하다고?

"AA요? 그래서 뭐라고 했어요?"

"그냥, 난 그런 거 잘 모르는 척했어요."

망치의 애매한 시선이 겨우 내 눈을 마주했다.

"다시 한번 말하지만, 최은성한테 내 프로젝트 얘기는 절대 하면 안 돼요."

단호하게 말하고 돌아선 순간, 깜짝 놀랐다.

"아 놀래라! 언제 왔어요, 킬로."

망치가 더 놀란 듯 말했다. 등 뒤에 서 있던 킬로는 아무렇지 않게 화장실 문을 손으로 가리켰다.

"두 사람, 화장실, 아, 안 갈 거면, 비켜."

*

망치가 가져온 작은 상자를 열자, 거기에는 빔프로젝터가 들어 있었다. 이렇게 본격적으로 발표 준비를 해 온 사람은 이제껏 한 명도 없었다. 커튼이 쳐지자, 오후 2시라고는 믿을 수 없이 캄캄해졌다. 오른쪽 벽에 빔이 쏘아졌다. 중절모를 쓴 망치가 목을 가다듬었다.

"발표를 시작하겠습니다. 혹시라도 질문이 있으신 분은 손을 들고 말씀해 주십시오."

그는 벽에 띄워진 슬라이드를 보며 말을 이었다.

"신입 회원이 있어 다시금 브리핑하자면, 저의 목표는 올 한해 '공짜 증정품'을 최대한 많은 인원에게 선물하는 것이었습니다."

나는 패딩 주머니에 손을 넣었다. 순망치한 치과의원에서 받았던 작은 구강청결제가 만져졌다.

"지난 보고 이후, 약 두 달 동안 저희 의원을 찾아주신 손님 중 필요하다고 한 310명이 해당 물품을 가져 갔습니다. 올해의 목표는……."

"310명?"

나는 당황해서 냅다 소리를 질러 버렸다. 모두의 시선이 빔이 쏘아진 벽면에서 나로 향했다.

"올해의 목표는 310명이 아닙니다. 2천 명이죠. 저는 30년간 총 5만 명의 목표 타깃에게……."

5만 명?

정신이 혼미해졌다. 5만 명이라고? 그에 비해 맞은편 쿠키의 타깃은 소박하게 스물네 명뿐이었다.

"그 타깃들은 망치랑 무슨 관계가 있어요?"

나는 망치를 바라보며 다시금 질문했다. 망치도 그들 중 쿠키의 '김 교수' 같은 놈이 있을 지도 몰라서였다.

"저랑은 아무런 관계가 없습니다."

"그러면 그 사람들이 어떤 사람이든 간에?"

구강청결제의 얇은 몸통이 손가락 사이를 빠져나갔다. 머릿속 목소리가 먼저 말했다.

'그의 프로젝트는 올바르지 않아.'

"망치…… 그 사람들은 그냥 순수한 호의로 당신의 샘플을 받아 들었을 거고, 믿고 사용했을 거예요. 망치, 이건 선을 넘은!"

쿠키가 쾅, 하고 원탁을 쳤다.

"신입, 지금은 망치의 보고 시간이지 토론 시간이 아닙니다."

이코가 팔짱을 꼈다.

"너 이제 와서 착한 척이니? 망치는 자신의 프로젝트를 하고 있을 뿐이야."

"그래도 그건 정당한 이유가……."

"뭐가 문제야? 그는 그가 할 수 있는 행동을 하고 있는 거야. 그는 사람들을 엿 먹이고 싶어 해. 그게 이유의 다라구."

"하지만 그렇게 단순한 이유로 사람들에게……."

"그래서 베어 양은 다르고?"

맞은편에 앉은 바우가 순수하게 의문을 던졌다. 순간, 나는 미미 책방의 좁은 다락방 속에서 혼자가 된 기분이었다.

"자 베어, 잘 들어. 우리 모임 이름이 뭐지?"

"……AA."

"그래. Anonymous Avengers. 우리는 애초에 무언가에게 복수하고 싶어서 모인 거야. 그건 너도 마찬가지잖아?"

이코가 당연하다는 듯이 말했다.

"하지만 망치의 행위는 불특정 다수를 향한 거잖아요, 나와 상관도 없는 사람에게 해를 끼치고, 그 방법도 너무 비겁⋯⋯."

다락방의 유일한 광원이었던 빔이 꺼졌다.

아까 넷이 수다를 떨 때까지만 해도 기분은 나쁘지 않았다. 하지만 지금은⋯⋯. 뚜벅이가 일어나서 크림색 커튼을 걷었다.

"망치, 발표를 망칠 생각은 아니었어요. 하지만 두 달에 310명은 너무 과한 숫자라고 생각해요."

목소리가 점점 기어들어 갔다. 하지만 나는 나름대로 신입이던 나를 가장 배려해 줬던 망치를 위해서 용기를 내고 있었다.

망치는 부드러운 표정을 지으며 내 쪽으로 고개를 돌렸다.

"그 방식에도 문제가 있다, 그렇게 말했던가요. 아니, 비겁하다고 했던 것 같군요, 베어."

"그건 사실이잖아요. 하지만, 망치만 비겁한 게 아니라 나도, 모두 다 똑같은 겁쟁이고⋯⋯. 미안해요. 그래, 맞아. 따지고 보면, 내가 하려는 짓도 선은 아니니까⋯⋯."

나는 분위기를 수습하려고 애를 썼다. 이 모임이 이제서야 막 편해지려고 하는 단계였다. 내 유일한 친구 양주홍과 하는 공부는 일상의 유일한 낙이었다. 그 모든 걸 망치고 싶지 않았다.

"샘플 가지고 있어요, 베어?"

망치가 물었다. 나는 쭈뼛쭈뼛하며 패딩 주머니에서 가느다란 통을 꺼냈다.

"그걸 한번 써 봐요."

"……."

뭐가 들어 있는지 모를 액체가 통 속에서 찰랑거렸다. 나는 망설이다가 입에 스프레이를 뿌렸다. 화한 박하향이 감돌았다. 하지만 아주 미량의 무언가가 들어 있을 걸 생각하니 입을 다물 수가 없었다. 나는 입을 벌린 채로 바보처럼 망치를 바라보았다.

"알겠죠? 그건 그냥 구강 청결제예요."

"……에?"

"그냥 구강 청결제예요. 뭐 더 섞거나 넣은 것도 없고, 그냥 업체에서 받아다 쓰는 청결제요."

나는 다소 혼란해졌다. 누군가에게 해를 끼치는 물건이 아니었어? 그러면 AA 프로젝트라고 할 수가…….

"뚜껑을 다시 닫아 봐."

"음?"

옆에 있던 이코가 피식 웃으며 아직도 벌리고 있는 내 턱을 오므려 주었다. 나는 뚜껑을 돌려 닫아 보려고 했지만, 샘플은 제대로 닫히지 않은 채 액체가 질질 흘러내렸다.

"불량인가요?"

"뭐, 그렇게 만들어졌으니까요."

순간 머리가 띵해졌다. 일부러 불량을 만들어?

"어떻게 해도 제대로 닫히지 않을 거예요. 왜냐면 용기 재질이 종이거든요. 이미 여는 순간 외포장재가 젖어서 흐물흐물해졌을 걸요."

매실 모과차를 한 모금 마신 망치가 말을 이었다.

"나는 '공짜 판촉물'이 싫어요. 거창한 이유를 붙이고 할 것도 없어요. 그냥 싫어요. 그중에서도 사람들이 공짜라면 뭐든 가져가려고 하는 것이 가장 싫고요. 쓰지도 않을 거면서."

"하지만 그 사람들이 나쁜 사람들은 아니잖아요."

"너 무슨 소리 하니? 우리가 여기 착한 사람 되자고 모인거 아니잖아. 네 프로젝트를 생각해 봐."

이코가 정확히 맥을 짚어 주었다. 바우와 쿠키, 킬로가 동의의 의미로 가볍게 박수를 쳤다.

"그래서 나는 가벼운 장난을 치기로 했습니다. 재생 종이로 만들어진 정말 쓸모없고 질질 새는 증정품을요. 한번 쓰고 나면 '아이, 괜히 받았네' 하는 그런 공짜 물건을요. 세상은 온통 물건 과잉이니까, 이런 경험을 한 사람들이 필요 없는 증정품을 안 받게 되면 더욱 좋구요."

"……."

"뭐, 그냥 공짜 증정품을 좋아하는 사람들의 손이라도 더럽히고 싶었어요."

망치가 씨익 웃었다. 나는 항상 신사 같던 그가 처음으로 또래의 개구쟁이같이 느껴졌다.

내가 할 말은 하나였다.

"미안해요, 망치. 제가 다 듣지도 않고 오해를 해서……."

"아니에요, 베어. 내가 좀 더 용기가 있으면 좋았을 텐데."

"좀 더 큰 사이즈로 만들어 보는 건 어때요?"

"그 사이즈가 내 한계였어요. 더 이상은 만들 용기가 없었거든요."

AA의 가장 소심한 빌런, 망치가 씁쓸하게 웃으며 발표를 마치자 뚜벅이가 고개를 가로저었다.

"망치, 그런 말은 안 하는 게 좋겠어요. 뭔가 하고 있다는 게 가장 중요한 거니까."

그녀가 단호하게 말했다. 모두가 고개를 끄덕였다. 나는 이 소심하고 바보 같은 악마들에게 크게 동의를 표하려, 여러 번 고개를 끄덕였다.

"야, 정신 사나워."

이코가 피식 웃으며 말했다.

오늘의 발표자는 두 사람이었다. 원래대로라면 바우의 발표는 다음 주였지만, 내 프로젝트가 다음 주에 끝나기 때문에 오늘 당겨서 하기로 했다. 바우는 그때와 똑같은 낚시꾼 모자를 쓴 채로 자리에서 일어섰다.

"지난주, 일곱 가정에서 가여운 강아지들을 더 발견할 수 있었소. 모두 하나같이 애처롭게 울고 있었소. 일부는 배를 곯고 있는 게 틀림없었고."

"저런."

망치가 측은한 표정을 지으며 바우를 쳐다보았다. 쿠키는 여전히 선바이저를 쓴 채 팔짱을 끼고 있었다.

"나는 그들과의 대화를 통해 그들이 분명히 방치되고 있음을 알았소. 가여워서 견딜 수가 없더군······."

자칭 애니멀커뮤니케이터 바우는 계속 발표를 이어나갔다. 정말로 바우는 개와 대화가 가능한 걸까? 하지만 나는 묻지 않았다. 아까 망치의 발표에서 얻은 교훈이었다.

"내가 경비원에게 끌려나가지만 않았어도 그들과 좀 더 대화를 나눌 수 있었을 텐데······."

"그러면, 바, 바우, 성과는요?"

"아직 한 녀석도 설득시키지는 못했네······. 내 능력이 아직 부족한 모양이야."

킬로의 물음에 바우는 슬픈 듯이 고개를 저었다. 이코는 내 허리를 쿡 찔렀다. 그녀가 턱짓하는 끝에서 쿠키가 졸고 있는 게 보였다. 선바이저 속의 눈이 감겨 있는 게 틀림없었다.

"힘내요. 언젠가는 성과가 있겠죠."

"그래요. 매주 3회씩은 그들과 대화를 나누고 있으니까요."

주홍이와 이코가 목소리에 활기를 실어 바우를 격려했다.

"그러잖아도 오늘도 더 시도를 해 볼 생각이오."

바우 할아버지는 고개를 끄덕이고는 뜨거운 생강차를 후룩후룩 들이마셨다.

"바우, 그렇게 뜨거운 걸 빨리 마시면 치아에 좋지 않아요."

망치가 바우의 행동을 만류했다. 그사이 깨어난 쿠키가 잠시 주위를 살피더니 아무렇지 않은 척 말했다.

"그러면 바우의 발표도 끝난 겁니까? 다음 주에 신입 프로젝트가 종결되는데, 어떻게 돼 가는지 궁금합니다."

모두의 눈이 내게 모였다. 나는 내 정면에 앉아 있는 주홍이를 바라보았다. 그 때문에 주홍이 옆에 바싹 붙어 앉아 있던 킬로가티 나게 시선을 피해 고개를 돌렸다.

'왜 저러지? 이제 와서 자기를 끼워주지 않았다고 꽁한 건가. 아님 혹시……'

패스트푸드점에서 내 손을 펴 주던 킬로가 문득 떠올랐다.

'아냐, 쟤는 주홍이랑 소울메이트잖아.'

따돌림 때문에 어느 정도 포커페이스가 가능해졌는지, 나는 비교적 차분히 쿠키의 말에 대답할 수 있었다.

여선히 귀는 뜨거웠지만 말이다.

"뚜벅이와 같이 했던 밑작업은 모두 완료했구요, 디데이는 다음 주 목요일, 기말고사 날에 모두 끝날 거예요."

"수고했어요, 베어."

망치가 내 등을 가볍게 두드렸다.

"뚜벅이도 베어 덕분에 조금 즐겁지 않았니? 사실 너 공부 같은 거 좋아하잖아."

이코가 지나가듯 물었다. 뚜벅이의 대학 진학에 대찬성하는 나로서는 반가운 말이었지만, 뚜벅이는 차갑게 말했다.

"약속은 함부로 하는 게 아니란 걸 깨닫게 된 좋은 기회였죠."

말은 그렇게 해도 속마음은 그렇지 않을 것이 틀림없었다. 피식, 입가에서 웃음이 새어 나왔다. 킬로는 여전히 고개를 숙이고 있었다. 그가 그러거나 말거나, 모두가 나를 향해 격려해 주었다.

"다음 주에 꼭 승리의 보고를 하겠습니다."

나는 의기양양하게 선언했다. 그때까지 내 계획은 어떤 변수도 없이 순조로웠다. 여전히 킬로만이 고개를 푹 숙이고 있었다. 나는 그의 진녹색 야구 모자마저도 파란불 신호처럼 느껴졌다.

발표가 끝나고, 이전처럼 한 명씩 서점 2층 계단을 내려갔다. 계단을 내려가는 주홍이에게 나머지 공부를 제안하자, 킬로가 내 이마에 레이저를 쏘듯 노려보았다. 오늘은 자신이 양주홍을 독점해야 한다는 듯이. 나는 여유롭게 웃어 보이며 주홍이를 양보했다. 어차피 나랑 주홍이는 미미 책방 2층에서 또 만날 테니까. 주홍이가 막 삐걱대는 계단을 내려가자 뒤따라 가던 킬로가 내 발치 쪽을 보더니 웅얼거렸다.

"그 여자에게, 제대로, 타격을 입, 혔으면 좋겠어."

"틀림없이 그럴 거야."

나는 자신만만하게 대답했다.

마음이 붕 뜬 나는 사거리 앞에서 콧노래를 흥얼거리며 털 후드 주머니에 손을 찔러넣었다. 약간의 협조가 있긴 했지만, '내 힘'만으로 해낸 '공부 이외의 일'의 성공이 목전이었으므로 그 상태의 기분은 나쁘다고 할 수는 없었다.

날이 퍽 추웠다. 이제 패딩을 입을 때가 됐다. 목도리라도 하지 않으면 감기에 걸릴지도 모른다. 신호에 걸렸던 모양인지, 이제야 사거리 횡단보도를 건너고 있는 쿠키의 뒷모습이 보였다. 불쑥 쫓고 싶다는 생각이 들었다. 공짜로 과자라도 하나 얻어먹을 요량이었다.

그녀는 어느새 수상한 선바이저를 올려 쓰고, 세상 평범한 조깅복 차림을 하고 있었다. 조금 눈에 띄는 건, 오른손에 들고 있는 커다란 봉투였다. 그녀에게 따라붙어 옆에서 걷기까지는 조금 시간이 걸렸다.

"헉, 헉, 왜 이렇게 빨라요."

그녀는 나를 흘끔 보너니 나시막하게 탄식했다.

"따라오라고 한 적 없는 것 같습니다."

그렇게 말한 쿠키는 긴 다리를 쭉쭉 뻗어 다시 경보를 시작했다. 그 순간, 나는 그녀의 눈 위에 늘 발려 있던 형형색색의 아이섀도가 사라졌으며, 눈도 평소보다 충혈되어 있음을 알아차렸다.

"무슨 일 있어요?"

말을 뱉어 놓고 후회했다. 아무래도 너무 사적인 말이었다. 특히 쿠키에게는 더욱 그럴 것 같았다.

"네, 김 교수가 뇌출혈로 의식불명입니다."

"아, 그렇구나."

잠시 후 그녀의 말의 의미를 깨달은 순간, 깜짝 놀랐다.

"뭐라고요?"

"조용히 말하십쇼."

그녀가 으르렁거리듯 낮게 말했다. 급하게 입을 닫았지만, 내 미숙한 포커페이스로 놀란 표정까지 숨길 수는 없었다. 그런 내 얼굴을 흘끔 바라본 쿠키가 아무렇지 않게 말하며 봉투를 들어 보였다.

"모임이 끝나고 병문안을 갈 생각이었습니다. 배달이라 해야 하나."

"그 차림으로요?"

"그 여자는 어차피 나를 제대로 보지도 못할 겁니다."

나는 더 이상 말을 잇지 못한 채 쿠키를 바라보았다. 쿠키는 고개를 돌린 채 다시 다리를 쭉쭉 뻗어 걸어나갔다.

"잠깐만, 너무 빨라요."

혁혁대는 내 말에 쿠키가 대답했다.

"나는 신입에게 따라오지 않을 기회를 주는 겁니다."

"진짜 그 사람 보러 가는 거예요?"

나는 침을 꿀꺽 삼켰다.

"단골 손님의 병문안일 뿐입니다."

쿠키가 다시 매정하게 휙휙 걸어나갔다. 순식간에 앞서 나가는 쿠키의 뒷모습을 보며, 나는 또다시 예전의 나라면 절대 안 했을 선택을 했다. 남의 일에 개입하는 건 귀찮을 뿐 아니라, 자신을 보호하는 데 전혀 쓸모 없는 일이라고 생각해 왔기 때문이다.

하지만, 나는 쿠키와 김 교수의 관계를 알고 있는 지구상 유일한 사람이었다. AA 모임에서 우리는 각자의 목표를 공유했고, 서로에게 격려를 불어넣어 주는 관계였다. 그래서 나는 그녀의 뒤를 따라 걸었다.

"환자분 수술 이후 면회는 처음이네요. 919호예요."

"감사합니다."

너스 스테이션에 앉아 있던 간호사가 우리를 향해 웃어 주었다. 순간, 갑자기 든 생각에 심장이 쿵쿵 뛰었다.

'혹시 쿠키가 럼버거 치즈가 아닌 나른 걸 넣은 게 아닐까?'

나는 그 입 냄새 유발 다쿠아즈를 먹은 적이 있다. 의외로 아무

냄새도 나지 않고, 그저 황홀할 정도로 맛있는 과자였을 뿐이었다. 비록 한 포대에 한 줌뿐이어도, 세상에서 가장 지독한 냄새를 가진 치즈라고 했는데 말이다.

가만히 쿠키를 바라보았다. 그녀는 입을 굳게 다문 채 앞만 보고 걷고 있었다. 그 분위기 때문에 나 역시 어떤 말도 걸지 못하고, 그저 그녀의 옆에서 걷기만 했다. 사람들이 부산하게 오가던 아래층과는 달리, 1인실만 있다는 9층은 고요했다. 10호부터 18호까지는 어떤 인기척도 없어 비어 있는 게 틀림없었다.

919호.

쿠키는 침착하게 노크를 두 번 하고, 문을 열었다. 나는 김 교수의 풍선 같은 거대한 몸뚱이가 침대 위에 간신히 뉘여져 있는 것을 보았다. 심전도와 맥박을 측정하는 전선과 가느다란 호흡기 줄을 비롯한 여러 호스들이 간신히 그 몸에 매달려 그녀의 수명을 유지하고 있었다.

병실은 썰렁했고, 사람이 왔다 갔다는 온기가 전혀 느껴지지 않았다. 서랍 위에 지금의 그녀는 마시지 못할 알로에 음료가 놓여 있을 뿐이었다. 쿠키는 들고 있던 커다란 봉투를 내려놓았다. 그 안에는 각종 빵과 과자가 담겨 있었다.

김 교수는 흉하게 일그러진 한쪽 눈을 간신히 떠서 우리를 보았다. 호스를 끼고 있는 입으로 숨이 쌕쌕 새어 나왔다.

삑, 삑, 삑.

여러 선들과 연결된 모니터에서 일정한 기계음이 들렸다. 쿠키가 중얼거렸다.

"교수님, 어제는 경황이 없어 빵을 그냥 들고 가 버렸습니다. 여기, 다시 배달해 드립니다."

교수의 눈이 바르르 떨리며 쿠키에게 향했다. 그녀의 손끝이 까닥거렸다. 쿠키는 가면을 쓴 것 같은 무서운 표정으로 크림이 가득 샌드된 빵의 비닐 포장을 벗겨 김 교수에게 쥐여 주었다.

"가엾게도, 이제 그 혓바닥이 느낄 수 있는 맛이라곤 절망뿐일 겁니다. 냄새라도 맡을 수 있으면 나을 텐데."

김 교수는 손으로 빵을 쥐려다가 떨어트렸다. 바닥을 뒹구는 빵에서 버터와 설탕의 냄새가 음울하게 퍼졌다. 그걸 주워든 쿠키는 미련 없이 빵을 휴지통에 던져 넣었다. 김 교수의 시선이 휴지통을 향했다. 쿠키는 고개를 빳빳이 들었다. 여전히 김 교수는 휴지통을 바라보고 있었다. 쿠키가 딱하다는 듯 중얼거렸다.

"지옥에는 밀가루도 버터도, 설탕도 없을 텐데."

쿠키가 조용히 병실을 나갔다. 나도 여전히 휴지통 속의 빵을 보고 있는 김 교수에게서 고개를 돌렸다.

병동 복도를 걷고 있는 쿠키의 손은 미세하게 떨리고 있었다. 나는 그 손을 꽉 쥐 쥐었다. 쿠키는 잠깐 놀란 듯했지만, 곧 내게 손을 맡겼다. 우리는 아무 말도 하지 않은 채 한참을 걸었다. 병원을 나오고도 한참을.

일몰이 깔린 수변공원의 벤치에 앉자, 누가 먼저랄 것 없이 긴 숨을 내쉬었다. 쿠키는 매정하게 손을 빼 버렸다.

"속도가 안 맞아서 걷기가 힘듭니다."

"……죄송하게 됐네요."

쿠키가 부스럭거리며 상의 앞주머니에서 다쿠아즈 하나를 꺼내 씁쓸하게 중얼거렸다.

"이것도 두고 왔어야 했나 싶습니다."

"들고 다녀요?"

"자연스럽게 남에게 주는 걸 연습하려고 가지고 다닙니다."

잠시 정적이 흘렀다.

저기에 정말로 림버거 치즈가 들어 있는 걸까?

"그 다쿠아즈, 나도 하나 통째로 다 먹었는데, 혹시 거기에 치즈 말고 다른 걸 넣은 건……."

나는 일부러 유머러스하게 중얼거렸다. 쿠키가 고개를 돌려 나와 눈을 맞췄다.

"지금부터 하는 얘기, 다른 멤버들에게…… 비밀 지킬 겁니까?"

쿠키는 본 적 없는 슬픈 표정을 짓고 있었다. 그 상황에서 고개를 젓긴 아무래도 힘들었다.

이어진 쿠키의 고백은 생각보다 더욱 충격적인 것이었다.

"그 다쿠아즈에는 처음부터 정량의 레시피 재료 외엔 아무것도 들어 있지 않았습니다. 치즈고 뭐고."

나는 그야말로 멍해졌다. 쿠키는 천천히 말을 이었다. 그녀는 나름대로 수많은 시도를 했다고 한다. 썩은 내가 진동하는 림버거 치즈를 반죽에 섞고, 섞인 반죽을 구워 내면, 매번 덜덜 떨리는 손으로 모두 쓰레기통 행이었다고 했다.

"그 여자는 어제 병원으로 예약 배달을 시켰었죠. 지방 흡입 수술이 끝나면 먹겠다면서. 어제 그녀가 시킨 12만 9천3백 원어치의 빵을 들고 그녀의 병실로 갔지만, 그녀는 여전히 수술 중이었습니다."

"……아."

"복합장기부전에 뇌출혈까지 일어난 모양입니다. 아무래도 수술이 잘되지 않은 듯했습니다."

"그랬군요……."

"결국 제 계획은 처음부터 실행조차 하지 못했고…… 가장 1순위였던 타깃은 저 모양이 되어 버렸습니다."

쿠키가 살아온 인생은 강박 그 자체였다. 그녀의 말을 빌리면, '오와 열과 각의 세계'였다. 모든 게 기밀이었고 모든 명령에는 복종해야 했다. 그녀의 세계에 주관과 예외는 없었다. 그건 사회로 나와서도 마찬가지였다. 조리기구의 메뉴얼과 음식의 레시피를 오차 없이 실행했고, 손님의 밑에는 복종했다. 그런 삶 속에서 그녀는 서서히 망가졌고, 결국 미미 책방 앞 교차로에서 차에 뛰어

들어 죽을 생각이었다고 한다.

"아무래도 레시피가 아닌 재료를 넣는 것은 제게 너무 큰 도전이었습니다. 게다가 그 인간들은 아주 조금의 재료나 향에도 까탈스럽기 때문에 아무리 맛이 좋아도 그 치즈는 도저히……."

그녀가 손으로 얼굴을 감싸쥐었다.

"나는 겁쟁이입니다. 미미와 멤버들을 실망시키기는 싫었는데……."

나는 그녀의 손바닥 아래로 새어 나오는 눈물들을 바라보았다.

"쿠키, 내가 다른 멤버들에게 비밀은 확실히 지킬게요."

"……."

"그래도 결과적으로는 잘 됐잖아요."

"……."

"생각해 봐요. 쿠키의 노력이 아예 아무런 영향을 미치지 않은 건 아닐 거예요."

"난 아무것도 하지 않았습니다. 난 겁쟁이고…… 그 여자에게 어떤 식으로든 복수해야 했는데…… 병원에 갔다 오면 좀 후련해질 줄 알았지만……."

"그런 말 좀 그만해요. 뭘 아무것도 안 해요? 어떤 위대한 신이 뭐라도 해 보려고 끙끙대는 쿠키를 도와주려고 쿠키 대신 그 할망구를 쓱싹 처치해 준 걸지도 모르잖아요!"

"……하."

격려의 말을 쥐어 짜낸 게 효과가 있었는지, 쿠키가 작게 웃음을 터트렸다. 웃음이라기보다는 허탈한 실소에 가깝긴 했지만. 그녀는 콧물을 훌쩍거리며 중얼거렸다.

"그래요. 하긴, 빌어먹을 단골 미식가들이 스물세 명이나 더 남았습니다."

그거 참…… 다행이네.

"고백하고 나니 마음이 편합니다……."

쿠키를 가만히 끌어안고, 등을 토닥여 주었다. 생전 처음으로 타인의 감정을 보듬어 주려 노력했다.

"쿠키, 다음 주에 올 거죠?"

"당연한 소리. 처음부터 다시 계획을 세울 겁니다."

"우리의 도움을 좀 받는 건 어때요? 내가 도와 줄까요? 공동 실행자로서 림버거 치즈를 대신 넣어……."

쿠키가 고개를 가로저었다.

"프로젝트는 완벽하게 독립적이고, 누구에게도 의존하지 않아야 합니다. 결국 내 문제니까요. 아무튼, 나처럼 허무하고 자괴감 드는 일은 없기를…… 베어의 프로젝트가 완벽히 성공하기를 빌겠습니다."

"걱정 마요, 쿠키. 뚜벅이 이외에는 아무에게도 도움받지 않을 테니까."

쿠키가 배시시 웃었다. 처음 보는 얼굴이었다. 나는 친구를 한 명 더 가진 것 같은 기분이 들었다.

"꼭 성공해 보일게요."

헤어질 무렵의 쿠키는 표정이 밝아져 있었으므로, 내가 어느 정도는 그녀의 고통에 공감해 줬으리라 믿었다. 쿠키의 퉁퉁 부은 눈, 끝이 빨개진 코, 참으려 애쓰는 입술. 그 씁쓸한 표정에 대한 모든 것을 이해하고 있다고, 나는 진심으로 그렇게 생각했다.

"행운을 빕니다, 신입."

그래서 위대한 신이 내게 힌트를 줬음에도, 닥쳐올 나의 고통에는 전혀 대비하지 못한 채 그렇게 쿠키와 헤어졌다.

사람은 언제나
루틴의 동물

나는 콧노래를 부르며 책가방에 프린트물이 잔뜩 담긴 플라스틱 바인더를 집어넣었다. '기말고사 D-1 파이널 총정리 오답 노트'는 총 26부였다. 반 애들에게 파일로 쏠 수도 있었지만, 종이인 편이 계획상 마음이 편했다.

"내일부터 기말고사지? 이번에는 마음 편하게 봐. 너무 점수에 신경 쓰지 말고."

엄마가 케일과 사과를 함께 갈아 낸 주스를 내밀며, 평소답지 않게 말했다. 지난번 대화가 어떤 식으로든 엄마의 화법에 영향을 미친 게 분명했다.

왜 그럴까? 온순하게 상대의 말을 잘 따르면 상대는 되레 험하게 굴고, 반대로 험하게 굴면 온순해진다. 전에는 인간관계의 이 미묘한 법칙에 대해 관심도 없었다.

"어차피 백 점 맞아 오라는 거잖아."

"얘가 사람 말을 똑바로 받아들이지를 못하네. 내가 언제 그랬니?"

"그럼 백 점이 싫어?"

"……."

"걱정 마."

다 마신 유리잔을 엄마에게 내밀었다. 공부는 완벽히 되어 있다. 양주홍과 나란히 미미 책방의 2층에 앉아 있으면, 스터디 카페나 도서관보다 집중이 잘 됐다. 하지만 기말고사보다 중요한 것이 있다. 새로 습득한 인간관계의 미묘한 이론을 실전에 옮기는 것이다. 바람은 추웠지만, 하늘은 푸르고 공기는 깨끗했다.

"복수하기 좋은 날이네."

아끼는 노란색 장갑을 끼고, 기분 좋은 긴장감을 느끼면서 학교로 향했다. 그때까지는 모든 것이 완벽했다. 가방 속, 플라스틱 바인더에 부딪히는 종이들이 탁탁거리는 소리까지 경쾌한 음악으로 느껴질 정도였으니까. 교문 앞에서 같은 교복의 아이들이 우루루 들어가는 것이 보였고, 나는 걸음을 빨리했다. 차갑지만 청량한 초겨울의 바람이 뺨을 스치고 지나갔다.

두근두근 두근두근.

혹시 몰라 챙겨온 청심환은 의외로 쓴맛보다는 단맛이 났다. 나는 한약의 힘을 빌려 앞자리의 애들에게 '기말고사 D-1 파이널 총정리 오답 노트'라고 적힌 한국사 프린트물을 천천히, 아주 태연하게 나누어 주었다.

그들은 나와 똑같이 태연한 척 프린트를 받아 갔다. 끝까지 고맙다고 하는 녀석은 한 명도 없었다. 나는 씰룩거리는 입술을 깨물며 자리로 돌아갔다.

"자, 자! 내일 시험이구만? 모두 준비는 잘 되어 있겠지?"

담임이 그렇게 말하며 애들을 바라보았다. 몇몇 애들이 내가 뿌렸던 프린트물을 접어 책상 서랍 속으로 집어넣는 게 보였다. 나는 속으로 중얼거렸다.

'알아? 그걸 아무렇지도 않게 받은 너희 모두가, 공범이야.'

칠판 위 벽에 붙어 있는 시계가 째깍대며 초침을 부지런히 움직여 댔다. 나는 시간이 빨리 가기를 빌었다. 내일이 오기를. 아무 문제 없이, 내일이 오기를. 고명경이 아무 의심 없이, 그 오답 노트의 답들을 달달 외워 주기를.

＊

"자! 책 집어 넣고!"

윤리의 까랑까랑한 목소리가 울려 퍼졌다. 칠판에 쓰여 있는 과목은 한국사. 기말고사 첫날의 마지막 시험 과목이었다.

내 옆 아이도, 내 앞 아이도, 오늘은 샛노란 물방울무늬 왕 리본

끈으로 머리를 동여맨 파마머리도, 모두 내가 나눠 준 프린트물을 보고 있었다. 그것은 주홍이와 내가 심혈을 기울인 합작품의 첫 게시였다.

    5. 다음 1920년대 일제의 식민지 지배 정책을 설명한 것 중, **틀린** 것을 모두 고르시오.

    젠장, 오늘은 청심환을 안 먹었단 말이야. 빨간 펜을 든 내 손이 덜덜 떨리고 있었다. 나는 주홍이의 얼굴을 떠올리려고 애썼다. 그리고 천천히 심호흡을 했다. 내 앞에는 양주홍이 있고, 우리는 미미 책방의 그 2층 식탁에 앉아 있어. 나는 거기서 문제집을 풀고 있는 거야.

    쿠키가 왜 림버거 치즈를 한 줌도 못 넣었는지 알 것도 같았다.

    내가, 저질러 버린 거야.

    나와 주홍이가 만든 오답 노트에서 출제된 문제는 하나뿐이었으나, '그' 문제가 토씨 하나 틀리지 않고 나왔다. 나는 무의식 중에 잘못된 답을 찍지 않으려고 노력했다. 한번 집중력이 흐트러지자, 주변의 소음이 크게 들렸다. 샤프를 딸깍이는 소리, 사각사각 문제를 푸는 소리, 시험지를 넘기는 소리.

    고명경도, 파마머리 여자애도, 앞뒤 양옆 모두가 그 5번을 풀었을 것이다. 전부 다.

진짜로 저질러 버린 거야.

나는 계속 양주홍의 얼굴을 떠올리려고 노력했다. 그 애의 이마에 있는 동그란 화상 자국을 떠올리자, 마음이 착 가라앉았다.

이건 나만을 위한 일이 아니야.

난 주홍이를 위해서도, 해야 할 일을 한 거야.

"자! 머리 위에 손! 뒤에 계신 선생님이 답지 다 걷어 올 때까지 움직이지 말고."

뒤에 서 있던 백발의 한문 선생님이 노란색 답지를 모두 걷어 갔다.

저질러 버린 거야.

딱 그 한 문제를.

"뭐?"

"1반 영지가 5번 문제 답 3번 아니라는데?"

"뭐?"

"1반에 답안지 나왔대. 반장, 답안지 받았어?"

고명경이 고개를 돌려 나를 보았다. 눈을 피하면 안 돼. 눈을 피하면 안 돼. 고명경이 벌떡 일어섰다. 담임한테 가는 게 분명했다. 나는 준비해 둔 대로 잽싸게 짐을 싸서 튀려고 했다. 오래 남아 있이 좋을 일이 없었다. 가방을 집어 들자 누군가가 내 팔을 잡았다.

"어디 가?"

파마머리였다.

"5번 답 확인해야지."

확인해 볼 필요도 없어. 너희는 그 문제를 틀렸어. 난 그 애의 손을 뿌리쳤다. 뿌리치려고 했다. 그 순간 고명경이 돌아왔다. 1반 반장도 고명경과 함께였다.

"야, 네 정답 틀렸는데?"

그 말에 반 아이들 시선이 내 쪽을 향했다.

너희는 수치스럽지도 않아? 공범들 주제에!

하지만 나는 아무 말도 하지 못한 채 굳어 있었다. 어느새 내 앞으로 온 고명경이 한국사 답안지를 내 얼굴에 내던졌다.

"설명해."

"······뭘?"

"일부러 그랬지?"

"뭐가."

"이게 미쳤나. 5번 안 보여? 네 오답 노트랑 똑같잖아."

고명경이, 파마머리가, 반 아이들 전체가 나를 죽일 듯이 노려봤다.

너희들이 나를 그렇게 노려봐도 돼? 내가 너희들을 그렇게 노려봐야 하는 거 아냐?

어제 먹었던 청심환이 여태 효과가 있는 모양이었다. 아니면 부작용으로 정말 간이 붓기라도 한 걸지도.

"하나 실수로 틀릴 수도 있잖아. 그게 분할 일이야?"

"어쭈?"

"나한테 정답 맡겨 놨어? 너희들이 필요해서 가져가 놓고……."

그 순간, 고명경의 손바닥이 내 뺨을 내려쳤다. 소리가 크게 났다. 수많은 괴롭힘이 있었지만, 이토록 순도 백 퍼센트의 폭력은 처음이었다. 볼이 불에 덴 것 같이 화끈거리고, 입술이 얼얼했다.

"다들 뭐 하냐, 자리에 앉어. 아직 시험 기간 아니여?"

담임의 목소리가 들렸다. 일사분란하게 학급 인원 모두가 자리로 돌아갔다. 모두의 행동이 부자연스러웠다. 아까의 일이 무슨 상황인지 눈치를 못 챘을 리가 없다. 아마 다 봤을지도.

담임 역시 봤을지도 모른다.

하지만 휴대폰을 모두에게 돌려줄 때까지도, 담임은 내 쪽을 쳐다보지도 않았다.

못 봤을까?

전투에 임하는 병사처럼 몸이 떨리며 손끝에서 아드레날린이 분출되는 게 느껴졌다. 차라리 잘됐어. 이쪽을 봐 주지 않으면 오히려 잘된 일이야.

휴대폰을 켜서, 구원자 컴플렉스가 있는 그 애의 SNS 계정 첫 사진 밑에 냅다 댓글을 달았다.

[S.O.S! 교문 앞 정류장.]

가방은 아까 싸 두었다. 자리에서 일어났다. 갑자기 의자를 끌면 소리가 이렇게 크게 나는 구나.

"저거 뭐 하는 거! 종례 아직 안 끝났어, 이놈아!"

퇴각도 전투의 일종이지.

나는 달리기를 못 한다. 100미터는 24초, 50미터는 더 못 뛴다. 17초다. 하지만 언젠가 최은성이 말했다. 오래달리기는 근성이라고. 1층 계단을 다 내려갈 무렵 종이 쳤다. 없는 추진력이라도 받아야 했기에, 양팔을 앞뒤로 크게 휘둘렀다.

정류장까지만 가면 돼, 정류장까지만. 애들이 교문으로 쏟아져 나오기 시작했다. 멀리서 고명경과 파마머리가 보였다. 그들도 주변을 두리번거리다가 나를 발견했다. 눈앞의 버스정류장에 사뿐히 나를 앞지른 61번 버스가 설 듯 말 듯 했다.

나는 손을 휘저었다. 하지만 버스 기사는 액셀을 밟았고, 그걸로 끝이었다. 하지만 괜찮다. 버스는 또 온다.

그때 내 앞으로 익숙한 흰색 전기자전거가 섰다.

"양주홍!"

나는 다짜고짜 자전거 짐칸에 올라탔다. 앉고 나니 아무리 봐도 주홍이보다 넓은 등이었다.

"무, 무슨, 일인데."

"닥치고 밟아."

양주홍이든 킬로든, AA의 멤버임은 변함없었다. 그 애는 페달을 밟았고, 우리는 전력과 관성의 도움을 받아 쭉쭉 앞으로 나아

166

갔다. 뒤를 돌아봤을 때, 고명경과 눈이 마주쳤다. 그녀는, 나의 라자루스 모렐은 노예가 도망가는 것을 보며 중지를 들어 올렸다. 나는 입이 찢어질 듯 웃어 주었다.

"뒤에 쟤들, 뭐, 뭐야? 그, 고, 고명경, 패거리야?"

"응, 했어! 킬로, 나 했어!"

"……추, 축하."

"내일도 할 거야. 오늘은 겨우 한 문제였지만."

"겨우, 하, 한 문제?"

"내일 문학 시험이야말로 클라이맥스라고."

나는 커다랗게 웃으며 킬로의 등을 팡팡 쳤다. 고명경! 망해라! 우리 반! 전교 꼴등이나 해라!

"……너, 입술, 터졌어."

킬로가 말했다.

"알아, 괜찮아. 이거야말로 행운의 상징이야."

"너, 저, 정신, 나간 거, 같아."

"괜찮다니까. 나 맞았어. 그러니까 신고할 거야."

"……시, 신고?"

"학폭위를 열 거야. 그래서 고명경이 이제 두 번 다시 내게 손대지 못하게 할 거야!"

"그, 그런 게, 효과가 있을, 거 같아?"

킬로의 목소리는 어딘가 탐탁지 않은 듯했지만, 뭐 상관없다.

"고명경이 날 때렸어. 그 애는 결국 선을 넘었단 말이야."

"겨, 겨우 하, 학폭위 같은 걸로 개를, 멈출 수 이, 있을 거 같아?"

"해 보는 거지, 뭐든!"

킬로는 더 이상 대꾸하지 않았다. 자전거가 겨울바람 한가운데를 뚫고 달렸다. 킬로가 뭐라고 작게 웅얼거렸지만, 바람 소리가 윙윙거려 뭐라고 하는지 잘 들리지 않았다.

손끝이 찌릿찌릿하던 그 아드레날린의 기운은 우리 집 아파트 엘리베이터의 닫힘 버튼을 누르면서부터 서서히 가라앉았다.

현관문을 열자, 호르몬의 홍수로 마비되어 있던 이성이 점차 돌아왔다.

'그런데, 왜 킬로가 왔지?'

"너 입에 그거 뭐야!"

현관 앞에서 엄마가 경악스러운 눈으로 나를 바라보고 있었다. 나는 황급히 입술을 가렸다.

"상처잖아."

"그런 걸 묻는 게 아니잖아! 어쩌다가 그렇게 된 거야?"

엄마가 내 어깨를 잡아채며 눈을 치켜떴다.

흥분이 가라앉고 나자 맞은 왼뺨이 부어오른 것이 느껴졌다. 입을 벌릴 때마다 날카로운 통증이 느껴졌고, 눈 아래도 욱신욱신 쑤셨다.

"혹시 누구랑 싸웠니? 시험은!"

"시험 끝나면 알려줄게."

"뭐?"

엄마가 '잠시 멈춤' 상태가 되자마자, 나는 날듯이 뛰어 방으로 들어갔다. 잽싸게 정신을 차린 엄마가 방문을 두들겼을 때, 나는 이미 문을 잠가 둔 상태였다.

"너 이 문 안 열어? 무슨 일이니 대체? 엄마한테 숨기지 말고 말해!"

엄마는 문이 부서질 듯 두들겨 댔지만, 최은성이 고른 최고급 호두나무문이다. 가녀린 중년 여성이 어쩔 수 있는 문짝이 아니었다.

"숨기는 게 있어야지 어른이지!"

"얘 봐! 네가 어른이야?"

"열여덟이면 준어른은 되지! 그러니까 엄마는 시험 끝날 때까지 기다려!"

"그게 도대체 무슨 소리야!"

쿵쿵쿵.

개 짖는 소리 때문에 항상 상비하고 있는 이어플러그를 귀에 꽂았다. 소음이 잦아들었다. 갑자기 피로가 몰려오며, 손끝 하나 움직일 수가 없었다. 나는 교복도 벗지 못하고 침대에 누워 잠이 들었다.

$$*$$

'진짜 인생을 경험하려면 첫차를 타 보라.'

새벽 5시 30분이었다.

양주홍의 머리카락 같은 남색 하늘을 뼈가 앙상한 나무들이 시커멓게 찔러대고 있었다. 가로세로로 반듯한 건물들의 모서리 사이에 환한 빛이라고는 가로등 하나뿐이었다.

초겨울의 바람이 매섭게 불고, 구름 한 점 없는 하늘에는 어느덧 샛별이 떠 있었다. 진짜 겨울을 알리는 살벌한 바람이 털 후드 집업과 교복을 뚫고 들어왔다. 몰래 살금살금 나오느라 장갑도 목도리도 챙기지 못했던 터라 몸이 으슬으슬했다.

버스 정류장 옆 가로등에 불이 꺼지고, 알림 모니터에 배차 표시가 들어왔다.

5정류장 전.

열여덟 살이 될 때가지 나는 첫차를 타 본 적이 없다. 매일 똑같이 7시에 일어나서 아침을 먹고, 8시쯤 버스를 타고, 8시 30분쯤 교문을 통과하고, 매일 보는 얼굴들을 보며 똑같은 책상에 앉아서 똑같은 책을 읽었다. 이 얼마나 게으르며 따분한 인생인지.

그렇게 생각하며 나는 가방을 고쳐 맸다. 가방 안에는 양식도 없이 아무렇게나 휘갈긴 자퇴 신청서와 함께 2교시 시험에 대비한 고전시가 오답 노트가 들어 있었다. 장갑을 끼지 않아 손이 시렸

170

다. 나는 주홍이와의 메시지 창을 다시 확인했다.

[내일도 나눠 주려고?]

[당연하지.]

[애들이 믿을까.]

[찜찜하면 걔들이 안 가져가면 될 거 아냐?]

우리 반 애들은 이미 내 오답 노트에 의존하고 있을 게 뻔했다.

[그건 그렇지만.]

[고전시가 오답 노트에서는 분명히 세 개 이상 나올 거야. 문학 샘은 문제가 빤하니까.]

[하고 나면 꼭 결과 알려 줘.]

양주홍의 마지막 메시지는 '어제, pm 10:09'에 와 있었다.

열 시에 잠든 나는 새벽 3시에 깨어나 최후의 결정을 내렸다.

[시험 끝나면 나 자퇴할 거야. 그리고 검정고시를 보고, 너랑 같이 대학에 들어갈 거야. 어때?]

그 결정을 하자마자, 나는 자퇴 선배인 주홍이에게 새로운 문자 메시지를 보냈던 것이다.

'답이 없네. 하긴 한참 잘 시간이지.'

143번 버스는 내 앞에 딱 맞춰 정차했다. 기사 아저씨의 눈빛이 초롱초롱했다. 나는 그 눈빛의 뜻을 몰랐는데, 버스에 타니 모든 승객들이 나 나를 초롱초롱한 눈으로 보고 있있다.

"학생이네?"

"오늘부터 공부하기로 맘먹었는가 봐."

"이때쯤 되면 항상 그런 학생들이 생기지."

아줌마 아저씨가 소곤대는 목소리가 다 들렸다.

여기 있는 사람들은 서로를 알고 있는 것 같았다. 나는 새 멤버고 말이다.

'여기도 AA처럼 새벽 5시 143번 버스의 모임인 걸까?'

세상 여기저기에는 비밀 모임이 많겠지. 그런 모임들이 아마 세상을 망하거나, 망하지 않게 하는 데 이바지하고 있을 거다.

"요새 애들도 참 딱해."

"그래, 저렇게 공부를 하는데 일자리도 없고."

"김 씨네 아들은 등수 좀 올랐나?"

"고놈 새끼 다리 몽둥이를 뿐질러 놓구 싶어. 공부하라고 학원 끊어 놓으면 매일 피시방에나 기어나가고."

"공부해 봤자 일자리도 없는데 그냥 놀게 냅둬. 그래야 마음이라도 편하지."

"최 씨, 뭐라고 했어, 방금? 우리 아들을, 뭐? 놀게 냅둬?"

뒷자리 아줌마들 사이에서 약간의 신경전이 오갔다. 나는 세상을 향해 사보타주인지 뭔지를 하고 있는 양주홍을 떠올렸다.

아무래도 우린 운명인가 봐.

휴대폰 화면이 깜빡이면서, 주홍이에게서 온 메시지 알림이 울렸다.

[새벽 두세 시를 조심하랬어.]

[그게 무슨 소리야?]

[통계학적으로 따져볼 때 후회할 만한 메시지를 가장 많이 남기는 시간대래.]

흥.

[아무튼, 어제 킬로 보내 줘서 고마워.]

[킬로?]

[네가 보낸 거 아니야?]

[뭘 보내? 어디에?]

[네 게시물에 내가 댓글로 썼잖아. 아님, 걔가 네 계정 보고 온 건가?]

[걘 내 계정 모르는데?]

음?

문득 어떤 생각이 들어, 킬로의 계정을 들어가 보았다. 그 애의 팔로워 목록을 확인한 순간, 나는 뭔가 이상한 느낌이 들었다. 그 것은 전조였지만, 나는 무시하려고 애를 썼다.

[너 혹시 킬로 팔로우했어?]

양주홍의 메시지 알림이 다급하게 깜빡거렸다.

[킬로 계정, 그거 봇이야.]

[팔로우하면 그 사람 온라인 상의 흔적을 추적하는 봇.]

나는 도서관에서 책을 찾는 척하며, 8시 30분까지 시간을 보냈다. 그동안 틈틈이 킬로에게 메시지를 보내는 것도 잊지 않았다.

[너 도대체 뭔 짓을 한 거야?]

[답장 안 해?]

[읽고 있니?]

[자니?]

[팔로우 끊는다?]

[야!]

[나 주홍인데.]

물론 답장은 하나도 오지 않았다. 양주홍이 새벽형 인간인 것은 확인했고, 킬로가 늦잠형 인간이라는 추측은 점점 굳어지고 있었다. 내가 우리 반 교실의 문을 열 때까지 킬로는 어떤 답장도 하지 않았다.

오래된 교실 문은 늘 그랬듯 덜컹거리며 열렸다. 반 애들의 살벌한 표정들을 예상하며 고개를 들었을 때, 그 애들은 전부 다 내 눈을 순식간에 피해버렸다. 공기가 부자연스럽게 조용했다.

'이제는 아예 없는 사람 취급하려고? 오히려 좋아.'

내 자리로 발걸음을 옮길 때였다.

"1등!"

파마머리가 내 쪽으로 뛰어왔다. 반사적으로 목이 움츠러들었지만, 그녀는 위로 치켜올린 손으로 내 어깨를 감쌌다.

"……?"

"혹시라도 널 서운하게 한 게 있으면 네가 이해 좀 해라. 별 뜻 아니었는데 혹시나…….."

파마머리가 전에 없이 사근사근하게 말했다. 나는 내 어깨를 감싸 쥔 그 애의 손을 바라보았다. 어제까지만 해도 나를 눈빛으로 두들겨 패려던 애였다. 그녀는 내 변한 눈빛을 보자마자 황급히 손을 어깨에서 뗐다.

"근데, 근데 너희 오빠 진짜 최은성이야?"

그 말에 모든 아이들의 동작이 멈췄다. 나도 마찬가지였다.

"뭐?"

"너 혹시 오빠한테…… 고명경 말고 내 얘기도 했어?"

나는 네 이름도 몰라.

그렇게 말해 주고 싶었는데, 눈앞이, 세상이 핑 돌았다.

불현듯 머릿속에서 킬로의 말이 맴돌았다.

'겨, 겨우 하, 학폭위 같은 걸로 걔를, 멈출 수 있을 거 같아?'

＊

내가 태어났을 때, 오빠, 아니 최은성은 세 살이었다. 세 살짜리 맏아들이 된 오빠는 중학교를 졸업하기 전까지 고스란히 '그 세세'에 노출되어 있었다.

폭력과 고성, 부서진 문짝, 엄마의 울음소리, 분노와 공포의 세계. 최은성의 열일곱 살 봄, 아빠는 집을 나갔고, 오빠가 아무리 설득해도 이혼하지 않던 엄마는 결국 혼자가 됐다. '그 세계'에서 이 세계로 오기까지는 많은 시간이 걸렸다. 오빠는 열일곱 살에 가장이 됐다.

우리는 그 지옥 같은 시간을 보내는 동안 각자의 방패를 하나씩 만들었다. 나의 방패는 알다시피 우수한 성적이었다. 처음으로 학원에서 백 점을 맞아 온 날, 처음으로 아빠는 내게 화를 내지 않았다. 내가 그 성적을 유지하는 한, 벌통을 걷어찬 것처럼 난리법석인 집 안에서도 나만은 고요함을 유지할 수 있었다.

그래, 나는 친구가 필요 없었다. 인간이 필요 없었고, 그들과의 소통이 필요하지도 않았다. 나는 다만 모든 게 고요하기를 원했다. 내 경계를 아무도 뚫고 들어오지 않기를 바랐다.

한편, 엄마의 방패는 그런 내게 기생하는 것이었다. "애 지금 공부하잖아!" "다음 주가 시험이라고!" "목소리 낮춰!" "쟤 성적 떨어지면 당신이 책임질 거야?" "나도 힘들다고! 요새 애들 혼자 공부한다고 되는 시대야?" "애 뒷바라지 하는 게 쉬워?" 부모님이 싸우는 날에는 그런 소리가 꽉 닫아 놓은 방문 틈으로 새어 들어왔다.

그리고 오빠 최은성의 방패는 단순했다. 그건 아빠와 맞서는 거였다. 최은성은 폭력을 두려워하지 않아야만 했다. 최은성은 항상 목에 핏대를 세우고 아빠에게 대들었다.

아빠 반만 한 키였을 때부터 오빠는 자신에게 아빠를 이길 힘이 있다고 생각하는 것 같았다. 셋이 있을 때면 엄마는 조곤조곤한 목소리로 오빠에게 속삭였다. "그래도 은성이가 있어서 다행이야" "든든한 내 맏아들" "엄마랑 동생을 네가 지켜 줄 거지?" 그래서 최은성은 항상 아빠에게 맞섰다. 누구와 시비가 붙어도 마지막에는 결국 최은성이 나섰다. 최은성은 항상 싸울 준비가 되어 있었다.

그럴 때마다 꼭 닫은 문틈으로는 가장 잊고 싶은 소리가 났다.

최은성의 마른 몸에 꽂히던 주먹의 파열음.

유난히도 창문이 덜컹거리던 날이었다. 은성은 악다구니를 쳤고, 듣기 싫은 소리는 점점 크게 들렸다. 엄마는 계속 울고 있었다. 방 밖에서 무언가 깨지는 소리가 요란하게 났다. 다음 날이 시험이었다. 몇 번이고, 몇 번이고, 나는 귀를 막았다. 모든 게 지긋지긋했다.

현관문이 쿵 하고 닫히는 소리가 났다. 창문이 부서질 듯 흔들리더니 점점 잦아들었다. 거실에서는 아무런 소리도 들리지 않았다. 나는 방문을 천천히 열었다.

오빠는 뺨에서 피를 흘리면서 멍한 눈으로 나를 봤다. 왜 이제 나오냐는 듯이 비난하는 것 같았다. 나는 그 눈빛을 견딜 수가 없었다.

다음 날 엄마가 말했다.

"아빠는 이제 안 들어오실 거야."

오빠는 그다음 해 자퇴를 하고, 연예 기획사에 들어갔다. 그 이후에, 오빠는 나의 세계와는 1억 광년 이상 떨어진, 별세계 사람이 되었다. 아빠가 없어진 그날, 오빠도 없어진 것처럼 느껴졌다. 실제로도 오빠는 일 년에 몇 번밖에 볼 수 없는 사람이 됐다. 최은성이 내 오빠라는 증거는, 가끔 들어오는 휴대폰 메시지들뿐이었다.

[공부는 잘 하고 있겠지. 다음 달 오빠 콘서트야. 엄마랑 너, 두 자리 빼놓는다.]

자상한 척.

챙기는 척.

물론, 방패막이로 나를 가져다 쓰던 엄마가 갑자기 최은성에게 찰싹 달라붙은 게 못마땅했기 때문일지도 모르겠다. 성공한 형제에 대한 단순한 질투일지도 모른다.

하지만 가끔 오는 오빠가 나와 엄마를 챙길 때마다, 그가 얼마나 친절하고 다정한지, 우리를 위하려 노력하는지를 보여주려 할 때마다, 나는 최은성의 껍데기 안에 다른 사람이 있는 게 아닌지 위화감을 느끼곤 했다. 이제 그는 내 몸을 막아서며 아빠에게 대들던 나의 작고 어린 오빠와는 너무나 다른 사람이었다. 말을 길게 나누지 않아도 그건 알 수 있었다.

이제는 긴 대화를 하지도 않지만 말이다.

새 메시지 알림이 떴다.

[내가 욱해서 한 일이긴 하지만 모든 게 잘 끝날 거고, 걱정할 일은 이제

없을 거야. 그리고 엄마가 좀 불안해 하셔. 독서실에 있는 거 아는데, 공부 다 끝나면 전화 해 드려.]

몇 년째 잊고 있던 끔찍한 불안이 정수리부터 스물스물 기어 내려왔지만, 나는 아무렇지 않은 척 휴대폰에 수신된 오빠의 문자를 지웠다. 아까 띄워 놓은 뉴스 기사들이 보였다. 고등학교에 입학하고 처음으로 누른 연예 기사였다.

'○○ 최은성, 간밤의 라이브 폭로… SNS로 동생 '학폭' 고백'

나는 제일 위에 뜬 창을 닫으면서, 나는 이를 악물었다.

숨이 막혔다.

'○○ 최은성, 동생 괴롭힘? 반 친구에게 머리 잘려…'

'[단독] 아이돌 최은성 동생, '학폭' 피해자였다…'

'최은성 동생, 따돌림 가해자들이 시킨 '오답 노트 셔틀'이란?'

'최은성에게 네티즌 동정과 공감 이어져…'

'네티즌 수사대, ○○여고 최은성 동생 가해자 특정… 이전에도 학교폭력'

마지막 창을 끄려고 할 때, 나는 그 기사에 실린 모자이크 된 사진을 보았다. 가려져 있었지만, 나는 금세 그게 누군지 알아챌 수 있었다.

지잉.

수신 서부 버튼을 눌러 넣 번째일지 모를 작신 화면을 껐다.

담임 선생님과 엄마, 오빠의 회사, 하다못해 연예부 기자까지 전화해 오고 있는 판국이었다. 도대체 어떻게 내 번호를 알았지? 점점 모든 게 끔찍해지기 시작했지만, 휴대폰을 미처 끄지 못한 것은 기다리는 사람이 있기 때문이었다.

익숙한 노란색 스냅백이 막 도착한 버스에서 내리는 것이 보였다. 12월의 마을버스 정류장에는 사람이 없었다. 재건축된다는 아파트 앞 버스 정류장이다. 통학도 퇴근도 모두 끝난 시간이었다. 칼바람이 이따금 뺨을 사정없이 갈기고 지나갔다.

추웠지만, 춥지 않았다.

어제 내린 눈으로 질척해진 땅바닥을 걸어왔다. 킬로는 땅바닥에 시선을 고정한 채로 내 쪽으로 왔다.

"……."

"야."

"……."

"나 봐."

킬로는 쭈뼛대며 얼굴을 들었다. 입술은 꽉 다물려 있었다. 나는 처음에는 망치를 의심했었다. 하지만 킬로와 팔로우를 끊으면서 다시 한번 확인했다. 킬로의 팔로워 목록 안에 들어 있던 익숙한 아이디는 최은성이 예전부터 쓰던 거였고, '고명경' 석 자를 구체적으로 최은성에게 가져다 바칠 놈도 킬로뿐이었다.

"오빠한테 알린 거, 너야?"

"……."

"내 프로젝트는 망했어. 거의 다 되어 가고 있었는데. 프로젝트만 망한 줄 알아? 뚜벅이도 나도……."

"……."

"내가 원하는 프로젝트의 결말은 이런 게 아니었어."

"……."

"너 맞아? 네가 한 거 맞냐고. 입이 있으면 말을 해 보라고!"

얼마 전에 엄마에게도 이렇게 목소리를 높였다. 아무래도 내 사춘기는 늦게 온 모양이다. 전에는 이런 화를 토해 본 적이 없었다.

'이번에는 분명히 최은성이 개입하지 않고도 나는…….'

분명히, 내가 해결할 수 있었다. 모든 게 잘 되어 가고 있었다. 자퇴를 하고 양주홍과 미미 책방의 2층에서 1년 동안 같이 공부할 생각이었다. 우리는 전국민이 아는 학교폭력의 피해자나 최은성의 동생이 아니라, AA 모임의 멤버로서 그렇게 익명 속에 있을 수 있었다. 지난 두 달여 간처럼 행복하게 산딸기차를 마시고, 블루베리 스콘을 먹으면서.

이제 그런 행복들은 다 실현 불가능하게 돼 버렸다.

킬로는 여전히 묵묵부답이었고, 나는 결국 하지 말아야 될 말을 내뱉었다.

"아하, 마, 말을 너, 너듬서리는, 병신, 이라서 그런가? 말하기 어려워?"

야옹! 월월! 캬르르!

아파트 뒤편의 주택가에서 고양이와 개들이 마구 짖어 댔다. 그건 어떤 신호였다. 킬로가 나를 무시무시한 눈으로 바라보며 천천히 입을 뗐다.

"……나, 나는 이용할, 수 있는 걸, 이용했을 뿐이야."

정말로, 킬로였다. 이 녀석이 최은성에게 고명경을 갖다 바쳤다. 양주홍을 위해서. 양주홍이 원하지 않는 방식임이 분명했을 텐데. 화가 치솟는다는 느낌이 어떤 건지 이해가 갔다.

"아하, 그래서 내 가족 정보를 캐고, 최은성을 이용했다?"

"네가, 뚜벅이 누나를 대, 신해서 제, 제대로 복수 할, 수 있어? 고작, 오답 한 개로, 학폭위 따위로…….."

"그래서? 최은성을 이용하고, 결국은 양주홍까지 이용한 거니? 그래, 이렇게 만들어서 좋아? 이게 네가 원하던 거야?"

"……."

킬로가 다시 입을 다물더니 눈을 질끈 감았다. 그 애는 무언가를 참고 있었다. 나도, 킬로도 그때 멈췄어야 했다. 하지만 나는 그 애의 그런 표정을 보자 더 참을 수가 없어졌다.

"아하! 이제 다 네 뜻대로 된 거야? 이게 네가 원하던 거 맞구나? 내 계획도 망치고 양주홍도 망치는 거!"

"……."

"대답해 봐! 열심히 들어줄 테니까 대답해 보라고! 할 말 있으면 참지 말고 말해! 아, 더, 더듬거려서, 그게 문제야? 좋아, 메시지 보내. 휴대폰 들고 쓰란 말이야! 이 한심한 말 병신 새끼!"

"벼, 병신? 그래, 씨발! 나 병신이, 젠장! 씨발! 미친아! 다, 너 때문, 씨발! 다, 잘, 잘 되고, 씨발! 이런 쌍년!"

킬로의 입에서 마구잡이로 욕이 튀어나왔다. 희고 병약해 보이는, 햇빛이나 운동에는 관심이 없어 보이는 마른 소년 킬로의 입에서 끔찍한 욕설이 쏟아졌다. 그의 얼굴이 유령처럼 새파래졌다.

"개쌍년이, 내가, 내가 얼마나, 씨발, 더러운 년, 내가, 얼마나, 힘들게. 씨발, 년아!"

그 상스러운 욕설들을 왈칵 뒤집어쓰자 어렸을 때 봉인해 놨던 두려움이 밀려왔다. 아빠가 엄마를 그렇게 불렀었다.

흠칫 떨며 뒤로 물러섰다. 킬로가 부들부들 떨며 이를 악물었다. 나는 킬로의 눈에 눈물이 맺히는 것을 보았다.

작용과 반작용.

인간관계에도 성립된다고는 미처 알지 못했던 규칙.

킬로에게 분노를 쏟아 내리던 나는, 킬로가 스스로의 가슴을 쿵쿵 치는 것을 본 순간 뒤로 돌아 뛰었다. 무서웠다. 킬로가, 무서웠다. 아빠가 무서웠다. 내가 한 짓이……

난 잘못한 거 없어.

뛰어가며 나는 킬로기 언젠가 햄버거 가게에서 내 주먹 쥔 손을 감싸 줬던 것을 기억해냈다. 내가 병실을 나오던 쿠키의 손을 서툴게 잡았던 것도 떠올랐다. 우리는 서로를 위로하려고 애썼다. 우리는 세상에서 단 여덟 명 뿐인 AA의 멤버였다.

그 위로들은 모두 가짜였을까? 그럼에도 불구하고 다리는 멈춰지지 않았다. 욕설 소리가 희미해지고, 더 이상 들리게 되지 않을 때에야 발은 겨우 멈췄다.

"난 잘못한 거 없어……."

정말로 모든 것이 망해 버렸고, 이제 남은 원흉은 하나였다.

＊

해는 언젠가 지고, 달도 언젠가는 지고, 눈도 언젠가는 그치고, 폭풍도 언젠가는 멎는다. 최은성은 계속 문자를 보내 오고 있었지만, 나는 한마디도 답변하지 않았다. 그 과정에서 멎을 것 같지 않던 내 안의 폭풍도 점점 사그라들었다.

"오늘 학교 가게? 안 가도 되는데……."

"아직 시험 기간이잖아. 어떻게 안 가."

"시험이 뭐가 중요하니?"

"……."

엄마 입에서 저런 말이 나오다니. 내일 세상이 멸망할 징조가 아닐까?

"데려다줄게, 그럼. 차 타고 가."

엄마는 내 눈치를 보면서도 차로 나를 학교에 실어 나르고, 실어 오고, 그 사이에 교무실에 들러 수많은 사람을 만났다.

"용서? 합의? 절대 못 합니다. 학폭위 열고 동조한 나머지 반 애들도 모조리 징계 맞게 할 겁니다. 교감 선생님, 우리 애 눈에서 눈물 났으면, 그 애들 눈에서는 피눈물 나야 하지 않겠어요?"

항상 약하다고 생각하던 엄마였다. 하지만 엄마는 엄마였다. 나는 최대한 아무렇지 않게 교무실을 지나 3층 복도로 올라갔다.

교실 문을 열면, 아무도 내 눈을 마주치지 않는다. 그래도 나는 꿋꿋이 선생님에게 말했다. 따로 시험을 보지는 않겠노라고.

"……."

"……."

반 분위기는 내가 평소에 그리도 원하던 정숙 그 자체였다. 자리에 앉아 필기도구와 책을 꺼냈다. 사람은 언제나 루틴의 동물이라고, 나는 그 분위기 속에서도 글자에 집중했다. 문제 하나를 풀다 손이 멈췄다. 답을 고치려고 지우개를 든 순간이었다.

'지우개라도 던질 수 있는지 해 봐.'

언젠가 이코가 했던 말이 떠올랐다. 나는 무의식적으로 고개를 들었다. 시선이 맨 앞줄 비어 있는 자리에 부딪혔다.

고명경은 아예 학교에 나오지 않고 있었다. 파마머리를 포함한 몇몇은 나와 눈이 마주치면 눈에 띄게 고개를 돌렸다. SNS와 익명 게시판에 고명경의 이름이 오르내렸고, 자퇴 예정이라는 소문이 들려왔다. 비겁하게도 반 애들 중 누구도, 고명경에게 모든 죄를 뒤집어씌우는 데 반대하지 않았다. 내가 원한 복수는 이런 게 아니었다.

최근 부쩍 수척해진 대머리 담임이 들어왔다. 그는 더 이상 조용해질 수 없는 교실인데도 교탁을 두어 번 쳤다. 그 역시도 루틴의 동물이었다.

"오늘 시험 마지막 날이여. 조금 어수선하겠지만, 최선을 다해 주길 바라고, 또……."

그가 꺼진 눈밑을 비비며 나지막이 말했다. 그의 시선은 왼쪽 창가의 빈자리를 향해 있었다.

"양주홍이랑 연락되는 사람 혹시 있나? 연락이 안 되면 할 수 없고……. 혹시라도 연락되는 사람이 있다면 시험 끝나고 교무실로……."

양주홍과 연락되는 사람이 이 교실에 있을 리가 없다. 그렇게 용기 있는 녀석이 있을 리가 없다. 내게도 미안하다고 말 걸어 오는 인간 한 명 없는 이 교실에서 누가 양주홍에게 먼저 연락한단 말인가?

나?

그 순간 나는 킬로의 마지막 표정이 떠올랐다. 욕을 내뱉는 입술을 악물며, 울먹거리던 얼굴이 기억에 스쳐 지나갔다. 나도 막 겁쟁이가 되려는 순간이었다. 나는 반사적으로 손을 들었다.

"선생님, 제가 양주홍에게 연락하겠습니다."

그 애를 만날 이유가 필요했다. 반의 분위기가 세상없이 고요했다. 담임만이 난처한 표정으로 큼큼댔다.

"……그랴. 시험 끝나고 교무실에서 보자고."

"알겠습니다."

토요일 오후 2시를 기다릴 수가 없었다.

담임은 프린트 된 종이 한 장과 몇 개의 대안학교 브로셔를 갈색 봉투에 담아 내게 내밀었다. 그는 내게 보관되어 있던 양주홍의 주소도 주었는데, 보내는 우편물마다 계속 반송되고 있다는 말을 덧붙였다.

"연락되면 전달하거라."

그렇게 말한 담임이 나를 쳐다보았다. 내 앞머리가 어떻게 생겼는지 관심도 없던 담임은 이제 거의 초주검이 되어서 그 무관심의 후폭풍을, 무지막지한 이자를 견뎌 내고 있었다. 언젠가 시험 한 문제 때문에 출제한 선생님과 싸웠던 그날처럼 교무실의 모두가 나를 흘끔거리며 바라보고 있었다. 담임은 내가 나가기 전에 한마디를 중얼거렸다.

"그…… 저, 뭣이냐…… 너희 어머니한테도 혹시……."

"전달은 양주홍만이에요, 선생님."

나는 단호히 그의 말을 잘랐다. 담임은 피곤한 표정으로 고개를 끄덕였다. 교무실을 나오면서 어른들이 만들어 놓은 세상에 대한 한심함을 눌러 참아야 했다. 멀리서, 무신경함의 극치인 미미 책방의 명조체 간판이 보이기 전까지는 그랬다.

이코, 쿠키, 망치, 바우, 미미. 나는 멤버들의 얼굴을 떠올렸다.

그 사람들은 한심하지 않아.

다시 양주홍에게 메시지를 보냈다.

[일하는 중이야? 나 지금 너희 집으로 가. 주소가 맞는지는 모르겠는데, 메시지 보면 그쪽으로 와 줘.]

심장이 두근거렸다. 다시 한번, 그날의 킬로가 떠올랐다. 두 사람은 소울메이트였다. 아니지, 소울메이트라는 건 내 생각일 뿐이고, 단지 킬로가 뚜벅이에게 집착하는 것일지도……. 열심히 생각의 회로를 돌리며, 택시를 잡아탔다.

담임이 준 종이에는 낯선 동네 이름이 쓰여 있었다. 택시는 세월의 미로 같은 골목들을 지나쳐 한 연립주택 골목에 나를 내려주었다. 그 옆에는, 21세기의 서울에 아직 있다고 상상도 못 하던 다 쓰러져 가는 담배 가게가 하나 있었다. 미닫이문이 우그러진 가게 옆에는 해신탕 가게와 '금침환'이라는 이상한 약을 팔고 있는 약방도 보였다.

햇볕이 늘어지는 오후였지만, 여전히 날은 추웠다. 나는 담배 가게 안으로 들어가 물건을 고르는 척 시간을 보낼 생각이었다. 잘 열리지도 않는 문을 끼끼대며 열자, 할머니 한 분이 계산대에 앉아 휴대폰으로 라디오를 듣고 있었다. 나는 두 평은 될까 말까 한 작은 공간들을 어색하게 돌아다니며 먼지가 쌓인 비타민 젤리 하나를 집어 들었다.

계산대에는 종이가 하나 붙어 있었다. 유성 매직으로 작작 그어 쓴 '카드기 없음'이라는 문구에, 나는 가방을 뒤져 지갑을 찾고 있었다.

"학생이야?"

"네."

"혹시 양주홍이 알아?"

그 말에 가방 속을 훑고 있던 손이 멈췄다. 그제야 나는 주인 할머니를 보았다. 아주 새하얗고 얇은 머리카락이 머리에 간신히 붙어 곱실거리고 있었다. 나무둥치 같은 주름이 팬 입가는 끝이 올라가 빙긋 웃고 있었다.

"모르나?"

"……아."

"미안하네, 학생. 여기 들르는 학생이 별로 없어가 내가 손녀 친구인 줄로 착각했지."

할머니는 검은색 비닐봉투를 플라스틱 고리에서 따서 비타민 젤리를 넣어 주었다.

미미와 나이가 비슷해 보이는 할머니에게 나는 불쑥 친밀감이 솟았다.

"친구 맞아요."

내 말에, 할머니가 이쪽을 물끄러미 바라보았다. 아까의 빙긋 웃던 표정이 순식간에 싹 사라졌다. 그녀의 짜증스럽게 구겨진 눈매가 주홍이와 똑같았다.

"친구라고?"

"오늘 여기서 만나기로 했어요. 전해줄 것도 있구요."

"이년! 우리 주홍이는 친구가 없어!"

어딘가 익숙한 말이었다. 소리를 지른 할머니가 쑥 허리를 펴며 일어섰다. 잠시 가게 안에 라디오 뉴스 소리만이 울려 퍼졌다. 그녀는 나를 또렷이 노려보고 있었다.

"우리 주홍이, 그 천사 같은 아 괴롭혀 놓고 뻔뻔하게 여까지 찾아 왔나? 이년, 너 이년 잘 만났다. 너, 뉴스 기사에 나온 그 아지?"

나는 또다시 깜짝 놀라 얼어붙었다. 양주홍의 할머니가 양주홍과 똑같은 눈을 하고 들고 있던 검정 봉투를 휙 집어던졌다. 해명을 하기도 전에 미닫이문이 소리도 없이, 그야말로 부드럽게 열렸다.

"할머니!"

"주홍아!"

"주홍아!"

할머니와 나는 필사적으로 동시에 양주홍을 바라보았다.

"이 아가 네 친구란다, 주홍아!"

"……나 친구 맞지, 주홍아? 그렇다고 할머니께 얘기 좀 해 줘."

양주홍이 질린다는 표정으로 우리 두 사람을 쳐다보았다.

양주홍이 가스레인지에 물을 올리고 라면을 끓이는 동안, 나와 할머니는 가게 안쪽의 구들방에 앉아, 아까의 일을 잊어버린 것처럼 한 편을 먹고 담소를 나누었다. 귤 박스, 과자 박스가 수납함처럼 쌓여 있고, 노란 장판이 깔린 옛날 방이었다. 특이한 거라고는 한쪽 벽을 가득 채운 주홍이의 상장들뿐이었다.

"우리 주홍이가 그 계집애 아니었으면 지금쯤 대학 가고도 남았다."

"……주홍이 아직 열여덟 살 아니에요?"

"우리 주홍이가 을마나 똑똑한 머린데! 팽팽 돌아간다 안하나. 1, 2년 월반은 우습제. 그 지집년만 아니었어도."

멀리서 달그락거리는 소리가 더욱 커졌다. 우리는 양주홍의 시그널을 무시하기로 암묵적으로 합의한 듯 이야기를 이어갔다.

"할머니, 주홍이가 진짜로 〈TV 영재 소년〉에 나왔었어요?"

"하모. 니 모르나? 진구 맞나? 샤가 예전에 부슨 교수님이 낸 문제도 슥슥 풀고 그랬던 아다. 그런 아가 이래 됐으니……. 내 속이

썩는다."

"내가 같이 대학 가자구 했는데."

"니도 그랬나! 하이고, 주홍아, 니 좋은 친구 생깄다. 노친네 말이라고 무시하더니, 네 친구도 봐라, 같은 말 안하나."

"⋯⋯에휴."

주홍이 장미꽃이 그려진 쟁반을 탁 내려놓았다. 양은냄비에서 김이 오르는 걸 보니 입맛이 돌았다. 드르륵. 단골손님이 미닫이문을 열자, 할머니가 양주홍을 눌러 앉혔다.

"니는 친구랑 얘기하그래이."

주홍이가 고개를 끄덕였다. 할머니가 나가고, 구들방에 나와 주홍이만 남게 되자, 그녀의 표정이 아까의 할머니처럼 싹 변했다.

"왜 왔어."

분명 엉덩이는 뜨거운데, 방 분위기는 차가웠다. 나는 그 애가 킬로보다 나를 조금 더 챙겨 주기를 바랐다.

"이거 담임이 가져다주래."

"이제 와서?"

재수 없다는 표정으로 갈색 봉투를 귤 상자 위에 던진 주홍이가 팔짱을 꼈다.

"그리고⋯⋯."

"그리고?"

라면이 조금씩 불어 가고 있었다.

"오빠 일…… 사과하러……."

목소리가 기어들어 갔다. 오빠의 라이브 방송으로 고명경의 신
상만 털린 게 아니었다. 오빠는 고명경과 그 무리가 괴롭힌 천재
소녀 얘기도 했다. 주홍이의 화상 자국에 대한 복수를 위해 킬로
가 던져 준 정보였고, 오빠는 그것을 낚아채 동생의 가해자 고명
경에게 향할 분노를 더욱 증폭시키는 데 썼다.

'〈TV 영재 소년〉, Y양 역시 학교폭력 피해자로 밝혀져…'

'소년 영재 출신 Y양, 학교폭력으로 자퇴 후 배달 알바 전전…'

읽었던 기사 제목이 떠오르자, 더욱 죄책감이 밀려왔다. 목소리
가 갈라져 나왔다.

"우리 오빠가 정, 정신에 문제가 있어서, 아, 그 미친놈이 가족 문
제라면 완전 돈다니까……. 나도 몰랐어. 나 오빠랑 친하지도 않
고, 내가 뭘 얘기한 것도 아니야. 더군다나 네 얘기는……."

"너희 오빠가 뭘 잘못했는데?"

뜻밖에도 양주홍은 그렇게 반문했다. 나는 말을 고르는 데 더욱
신경 썼다.

"네 일…… 아니, 우리 일에 말도 없이 끼어들어서…… 네 이름
도 기사에……."

"좋은 오빠잖아."

그 밑에 심장이 픽 내려앉았나.

"뭐?"

"그런 오빠가 어딨어."

주홍이는 명백하게 최은성의 편을 들면서 나를 여전히 냉랭한 눈으로 바라보고 있었다. 마지막 구명정이 물에 잠겨 사라진 기분이었다.

"넌 몰라. 우리 오빠는……."

"가장 먼저 네 일을 수습하려고 노력한 어른이잖아?"

"아냐, 아냐! 오빠는 자기 유명세를 자랑하고 싶은 거야! 그냥 더 인기를 얻고 싶은 거라고!"

내가 생각해도 유치한 자기변호였다. 양주홍이 미간을 찌푸렸다. 입가에는 비웃음이 걸려 있었다.

"꼬였네. 넌 널 생각해 주는 사람이 싫냐?"

"맞아, 나 꼬였어. 최은성이 좋은 오빠라서 싫어. 의존은 나쁜 거라며? 그게 우리 프로젝트의 규칙 아니었어? 네가 나에 대해서 뭘 아는데? 나랑 오빠의 관계에 대해서 뭘 아냐고!"

입맛도, 라면 냄새도, 뜨거운 방바닥도 지우개로 지워진 것처럼 사라졌다. 양주홍이 미웠다. 팔을 꼬고 앉아서 내 깊숙한 곳의 고통을 들여다보는 그 애가 미웠다.

"그러면, 네가 킬로에 대해서는 뭘 아는데?"

킬로.

나는 오늘 그 얘기만큼은 하고 싶지 않았다. 자리에서 벌떡 일어서서 주홍이를 노려봤다. 눈물이 고였다. 역시 개 편이었어.

"킬로가 우리 오빠한테 연락하지만 않았어도 이 모든 일이 벌어지진 않았을 거야!"

"오빠 핑계, 그다음은 킬로 핑계. 다음은 나겠네?"

"너…… 어떻게 이럴 수가 있어? 준비했던 프로젝트가 망한 건 나야!"

"넌 손해 본 게 없잖아. 킬로는 엊그제 발작으로 병원에 입원했어, 너 때문에."

뚜벅이, 양주홍이 마지막 네 글자를 또박또박 끊어 말했다.

"걔는 나랑 있던 6개월 동안, 욕을 한마디도 안 했어. 의사는 그 애의 틱이 거의 완치됐다고 했고, 모든 게 잘 돼 가고 있었어. 알아? 모든 게 망쳐진 건 킬로야. 너 때문에, 한편으로는 나 때문이기도 하지. 그러니까 이제 너도 네 오빠 일도 더는 상관하고 싶지 않아. 기사가 아무리 퍼져도 상관없어."

그 애는 차갑고 단호하게 말을 끝냈다.

"알아 들었으면 이제 꺼져."

얼마 전에는 킬로였다. 그리고 오늘은 뚜벅이를 잃었다.

뺨을 타고 눈물이 흐르는 것이 느껴졌다. 어느덧 나는 그 찌그러진 문밖으로 나와 있었고, 영하의 차가운 공기가 눈물과 눈, 코와 콧물을 얼렸다. 그건 내게는 견딜 수 없이 커다란 고통이었다.

✷

오빠 최은성은 좋은 사람이다. 누구에게나 좋은 사람이 되도록 관리해야 하는 직업이었다. 그래서 최은성은 그런 사람이 됐다. 하지만 나는 그를 싫어한다. 되도록 보고 싶지 않아.

오빠를 치켜세워 주는 엄마 때문에? 아니, 그런 단순한 이유가 아니다.

집으로 돌아가는 버스는 유난히 덜컹거렸다. 과속 방지턱을 수도 없이 지나는 중이었다. 나는 종점까지 계속 앉아 있을 생각이었다. 앞에 앉은 여자가 휴대폰으로 최은성의 사진을 보고 있었다. 나는 입고 있던 후드를 뒤집어쓰고 눈을 감았다. 히터에서 나온 무겁고 뜨거운 공기가 버스 안을 가득 채웠다.

추웠고, 싸웠고, 울어서 노곤해졌고, 눈을 감았고, 나는 이내 잠들었다.

"겁쟁이."

"지우개도 못 던지면서."

"넌 겁쟁이야."

"그리고 네가 겁쟁이란 사실이 너무 싫은 거야."

"너희 오빠도 사실 너 때문에……."

꿈속에서 빨간 모자의 이코가 증권사 미팅룸에 앉아서 뚜벅이의 목소리로 말했다.

나는 스스로를 변호해야만 했다. 이코가 '입술을 핑킹가위로 오려 버려야' 한다던 서글서글한 남자 직원이 내게 윙크하며 지나갔다. 그러자 오빠를 싫어해야 할 이유가 금세 떠올랐다.

"오빠는 나를 때렸어!"

"오빠는 나를 때렸어. 아빠가 집을 나간 그날, 나를 때렸어."

예전에 우리 가족이 살던 집이 나왔다. 수도꼭지가 녹슬고, 방 벽지가 여기저기 찢어져 있는 방 한 칸짜리 빌라였다. 문틀의 실리콘이 떨어져 바람이 불면 덜컹거렸던 낡은 집이었다. 오빠와 아빠가 거실에서 끝없이 싸우는 소리가 들렸다. 그래, 그 다음 날이 시험이었다.

덜컹. 현관문이 닫히는 소리가 나자, 방의 창문이 요란하게 흔들렸다. 아빠가 나가 버린 것이다.

꿈속의 나는 거실로 나가서 숨을 헐떡이는 오빠를 보았다. 오빠는 밀떡같이 하얀 얼굴을 하고 있다. 열일곱 살의 오빠는 까맸었는데. 꿈이야, 이건 꿈이야. 새하얀 얼굴에서 피가 뚝뚝 흘렀다.

그리고 나는 중얼거린다.

"차라리 둘 다 죽어. 매일 이렇게 시끄럽게 굴 거면 어디 나가서 돌아오지 말고 죽어 버려."

곧 멍한 눈을 한 오빠가 내게 손을 올렸다. 덜컹! 다시 한번 창문이 크게 삐걱거렸다. 오빠의 얼굴은 어느덧 길토의 얼굴로 변해 있었다.

끼이이익.

나는 급하게 눈을 떴다. 버스 기사가 급정차 사과 방송을 했다. 이마가 앞 철봉에 부딪혔다는 걸 뒤늦게 알았다.

"아이고, 학생 많이 아파?"

옆자리 아줌마가 물었다. 나는 코를 훌쩍거리며 고개를 저었다. 앞자리의 여자도 나를 돌아봤다. 여전히 오빠의 사진이 휴대폰 화면에 띄워져 있었다.

'좋은 오빠잖아.'

결국은 와르르, 눈물이 쏟아졌다. 마치 녹기 직전의 눈처럼, 버스 바닥을 질척질척한 회색으로 몽땅 적실 듯이.

얼굴에는 적당한
음영이 있어야 한다

시험도 끝났고, 프로젝트도 끝났다. 나는 하루종일 방 안에 처박혀 있었다. 공부를 빼면 난 취미도 없다. 주홍이는 수학 문제를 풀었을 거고, 쿠키는 빵을 구웠겠지. 바우는 애견 카페를 방문할 거고, 이코는 쌍욕을 해댔을 거다. 망치는 프레젠테이션을 준비했으려나. 미미는 차를 우릴 테고, 킬로는⋯⋯.

킬로는, 또 컴퓨터 자판이나 두드리고 있겠지.

킬로를 생각하자 가슴 한쪽이 욱신거렸다. 거울 속 내 얼굴을 보니 한숨이 저절로 나왔다. 이웃집 개가 짖기 시작하자, 더 이상 방에 있을 수가 없었다. 지갑과 가방을 챙겨 일어섰다. 거실에 있던 엄마가 마스크며 목도리를 둘러맨 나를 보더니 반색을 했다.

"딸, 쇼핑 갈까?"

나는 힘없이 고개를 흔들었다.

"산책이나 좀 하고 올게."

후드를 눌러쓰고 나와, 끊임없이 이어지는 개 소음을 무시하려고 애쓰며 엘리베이터를 눌렀다. 아니, 누르려고 했다. 갑자기 계단 쪽에서 누군가 고개를 쑥 내밀었다.

"아, 놀래라."

"오오?"

"할아버지, 여기서 뭐 하세요?"

바우였다. 여전한 낚시 모자에, 방한 조끼와 털신을 신고 있었다. 그리고 어딘가 어색한 뿔테 안경이 시선을 잡아끌었다.

그는 우리 집과 옆집 문을 한번 슥 둘러 보았다.

"여기 어딘가 불쌍한 녀석이 있는데, 이 아래층이었나 보구만."

"……뭐 하시는 데요?"

"보면 모르겠나? 프로젝트를 하는 중이야."

"하지만 너무 수상하게 하고 돌아다니시잖아요."

나는 그의 빨간색 뿔테 안경을 보며 말했다. 알이 비어 있었다.

"수상한가?"

"네, 그 안경부터 벗으세요."

바우는 안경을 벗더니 다시 한번 좌우를 살폈다. 그리고는 계단을 내려가 버렸다. 나는 그를 반사적으로 따라갔다.

"어디 가세요?"

그가 계단을 내려가며 말했다.

"이 아파트에 괴로워 하고 있는 놈이 있어. 전에도 한 번 왔었는데, 옆 동을 돌고 있을 때 경비원에게 붙잡혀서 제대로 얘기도 나누지 못했다네."

"……개요? 멍멍이?"

나는 아까 시끄럽게 짖던 강아지 소리를 떠올렸다. 우리가 아래층으로 내려가자, 갑자기 무언가가 그릉거리는 소리가 들려왔다.

그르르릉! 커엉! 컹!

우리 아랫집의 바로 옆집이었다. 갑자기 바우 할아버지가 미간을 찌푸리며 작게 왕! 하고 짖었다. 정말 대화가 되는 걸까? 이제 완전히 쭈그려 앉은 바우는 개와 철문을 사이에 두고 소통을 이어 갔다.

"그래……. 넌 벌써 하루하고도 몇 시간 동안 갇혀 있었던 게로구나……."

바우가 안쓰러운 표정으로 중얼거렸다.

"하루가 넘었어요?"

내가 되묻자 할아버지가 고개를 끄덕였다. 사실 내 눈에는 그냥 밖에 낯선 사람이 있으니까 짖는 것 같았다. 바우 할아버지를 의심하는 것은 아니었지만, 매주 〈세상에 이런일이〉를 찍는 PD의 기분을 이해할 수 있을 것 같았다.

바우가 미간을 찌푸리고는 눈을 질끈 감았다. 텔레파시를 보내는 것이 분명했다.

'진짜 텔레파시가 통하나? 정말? 진짜로?'

그런데 갑자기, 우리가 오고 난 뒤부터 크게 왈왈거리던 소리가 조금 바뀌었다. 나는 침을 삼키는 것도 잊은 채 바우와 강아지(정확하게 말해서 아랫집 옆집의 현관문)를 바라보았다.

끼잉…… 아울…… 아울…….

강아지는 구슬프게 울고 있었다. 집중하는 할아버지의 옆모습도 슬퍼 보였다.

'정말 이게 된단 말이야?'

나는 우연인지 아닌지 모를 이 이상한 현상을 굳이 납득하려 하거나 판단하지 않으려 노력했다.

몇 분의 시간이 흐르고, 바우는 깊게 한숨을 내쉬고는 자리에서 일어섰다.

"오늘은 이 정도로만 하지. 멍멍아, 잘 있거라. 다음에 또 오마."

바우가 침울한 표정으로 나를 돌아보았다. 그때, 다시 철문 안의 개가 아까와 똑같이 귀가 찢어져라 왕왕 짖어 댔다.

'역시 이런 걸로 의사소통이 될 리가 없지…….'

하지만 바우 할아버지와 눈이 마주쳤을 때, 그의 표정에는 낭패가 서려 있었다.

"베어 양, 빨리 엘리베이터를!"

개가 더 사납게 짖어 댔다. 뭔데? 그때였다. 아래층 계단 쪽에서 요란한 발걸음 소리가 들렸다.

"할아버지, 또 들어오셨어요? 여긴 잡상인 출입 금집니다!"

바우 할아버지의 최대의 적, 경비 아저씨였다. 우리 둘은 아파트에서 쫓겨나듯 나왔다. 나는 입주민이라고 항변해 보았지만, 돌아오는 경비 아저씨의 말은 냉랭했다.

"학생이 여태 출입구를 열어준 거요?"

나는 차마 공범이 될 수도, 바우를 배신할 수도 없어 입을 다물었다. 우리는 아파트 단지 공원으로 가 벤치에 나란히 앉았다.

"베어 양도 내가 이상한가?"

"아주 조금요. 아주, 아주 조금."

바우가 껄껄 웃었다.

"왜 저 늙은이는 개한테 집착하나…… 그런 생각을 했겠지?"

"그렇게까지는 아니고요."

추운 날씨인지라, 공원에는 운동하러 돌아다니는 사람도 별로 없었다. 멀리서 젊은 남자 하나가 원반을 던지고, 개가 물어오는 놀이를 하고 있었다.

"나한테 죽은 아내가 기르던 개가 한 마리 있었어. 이름은 치치였지."

"귀여운 이름이네요."

"이름보다 더 귀여운 녀석이었어. 항상 내 손등에 자기 볼을 비볐지. 나와 아내 사이엔 자식도 없었기 때문에 홀로 남은 내게 유일한 가족이었어. 그러던 어느 날, 마당에 있어야 할 치치가 사라져 버렸단다. 여기저기 돌아다니고 전단지도 붙여 보았는데, 결국 그 애는 죽어서 내 품으로 돌아왔지.”

바우가 허탈하게 말했다. 공기 중으로 하얀 입김이 흩어졌다.

“……상심이 크셨겠어요.”

“말로 못 하지. 발견됐을 때 그 애의 다리와 턱뼈는 부러져 있었어. 누군가가 그 불쌍한 녀석에게 매질을 하고 돌을 던진 거야. 혹시 베어 양, 〈존 윅〉이라는 영화를 아나?”

생소한 제목에 고개를 저었다.

“그 영화 속 주인공도 아내의 개를 잃었단다. 나는 매일 울면서 그 영화를 봤지. 하지만 난 존 윅처럼 그 학대범을 찾아서 두들겨 패 줄 능력이 없었어. 그렇게 속 시원한 복수를 해 줄 수 있긴커녕, 주변의 모든 사람이 다 개를 학대하는 나쁜 놈처럼 보였단다.”

“……”

“그래서 사람을 피해 오지에 들어가 살았지. 3년 정도였나……. 지병 때문에 그곳을 내려오면서 깨달았다네. 다시 사람들과 같이 살기 위해서는, 치치처럼 불쌍한 강아지들을 위해서 내가 뭐라도 해야 한다는 사실을 말이야.”

잠시 침묵이 흘렀다. 우리는 멀리서 열심히 뛰고 있는 강아지를 보았다. 다리가 짧고 허리가 긴 닥스훈트였다. 주인이 짝짝 박수를 치자, 그 닥스훈트는 스프링처럼 통통 뛰며 주인을 향해 달려갔다. 갑자기 불쑥, 바우가 말했다.

"베어 양, 텔레파시를 믿나?"

"솔직히…… 잘 모르겠어요."

"그래, 나도 잘 모르겠어."

바우의 말은 뜻밖이었다.

"하지만 내가 개들을 위해서 뭔가를 하고 있다는 생각을 하고 나서부터는, 내게 초능력이 생겼다는 걸 믿을 수밖에 없게 됐네. 산속에 틀어박혀 살던 내가, 지금 베어 양과 사람들과 아무렇지 않게 어울려 살고 있지 않은가?"

바우 할아버지의 시선은 여전히 개를 향해 있었다. 원반을 열심히 물어다가 주워 오는 닥스훈트를, 그는 정겨운 눈으로 바라보았다. 멀리서 바우의 텔레파시에 감응하기라도 한 건지 닥스훈트가 이쪽을 보며 컹컹 짖었다.

어느덧 해가 공원의 낮은 언덕 서쪽 끝에 걸려 있었다. 벌써 내일이 토요일이었다.

바우가 다시 껄껄 웃으며 말했다.

"그러면 베어 양, 모임에서 만나지."

나는 바우의 말에 대답하지 않고, 그저 어색하게 웃어 보였다.

＊

토요일이 됐는데도 엄마는 논술학원이니 뭐니 그런 것들을 하나도 말하지 않았다. 침대에 누워서 오늘 AA의 발표자가 누구였는지를 생각했다.

아, 나구나.

모두에게 성공 후기를 자랑스럽게 들려줄 생각이었다. 모든 게 틀어져 버렸지만.

바우가 말했던 〈존 윅〉은 미성년자 관람 불가 영화였지만, 나는 과감하게 케이블 결제 비밀번호를 눌렀다. 교육방송 구독용으로나 쓰였던 모니터에서 벌써 스물 대여섯 명의 사람이 죽어 나갔다. 정말로 모든 게 개 한 마리 때문이었는데, 보다 보니 점점 짜증이 났다.

왜 기껏 은퇴한 킬러를 저렇게까지 만드는 거냐고!

나는 처절한 존 윅을 보면서 조금 울었다. 어떻게 해도 죽은 개는 돌아오지 않는다. 방으로 들어온 엄마가 나를 보고 움찔했다. 틀어 놓은 영화 때문인지, 아니면 내가 울고 있기 때문인지는 모르겠다.

"애, 밥 안 먹니?"

고개를 젓는 것도 귀찮았다.

"너 좋아하는 감자조림 해 놨어."

"……"

"그리고 오늘 오빠도 온대."

"왜?"

"왜긴 왜야…… 너 걱정돼서지."

"……엄마가 불렀지?"

"무슨 소리니? 걔가 온다고 한 거야."

말도 안 되는 소리였다. 나는 티브이를 끄고, 커다란 오리털 이불을 이마 끝까지 올려 덮었다. 예전 집에 있던 이불은 낡고 끝부분이 뜯어져 솜이 삐져나왔다. 그런 것들이 이제는 모두 새것으로 변해 있다. 새 아파트, 새 자동차, 새 침대, 새 방, 새 이불.

방문이 닫히는 소리가 나 이불을 내렸다. 방의 창호에서는 어떤 진동도 느껴지지 않았다. 모든 것이 새것이었다.

이 모든 게 '새로운' 최은성이 가져온 것이다.

현실에서 도피하기 위해 다시 눈을 감자마자, 가장 도피하고 싶었던 과거의 기억이 나를 끌어당겼다.

＊

삐거덕.

"누…… 누구세요?"

야옹. 미야옹.

"……고양이였네."

한밤중, 중학생이었던 나는 가슴을 쓸어내리며 잠에서 깼다. 어차피 악몽과 성장통 때문에 제대로 자고 있지도 못했다. 이마에

밴 땀을 닦았다. 낡고 더러운 책장 앞으로 가서 창문을 열자, 밖에서 낑낑대는 새끼 고양이가 보였다.

나는 이유 없이 흔들리는 창문이나 문짝에 예민했다. 그 시기는 모두가 그렇듯, 내 감정을 통제하기가 매우 어려웠다. 도파민이며 엔도르핀이며, 기분 좋은 호르몬이 마구 뿜어져 나오고 있다가도, 1분만 지나면 나는 지구 최악의 인간이 되어 우울과 짜증이라는 괴물들과 지긋지긋하게 싸워야 했다.

'언젠가 저 문을 열고, 아빠가 돌아올지도 몰라.'

인생 처음으로 찾아온 이 작은 평화는, 내게는 언제든 깨질 수 있는 것이었다. 그렇게 내 감정이 한창 양극단을 향해 뜀박질하고 있을 때였다.

"아이구…… 아이구…… 우리 은성이……."

오빠의 데뷔 날, 엄마는 거실에서 울고 있었다. 낡아빠진 구식 텔레비전 모니터 안에 보이는 오빠의 얼굴은 아직 까맸다.

"넌 안 보니? 네 오빠가 티비에 나오는데?"

엄마가 손가락으로 눈가를 훔치며, 멍청하게 서 있던 나를 소파에 앉혔다. 엄마에게 그런 표정이 있다는 걸 나는 처음 알았다. 분명히 감격의 눈물이었다.

우리 집에서는 처음 있는 일이었다. 중학교에 입학하고 내가 성적 우수 상장을 쥐여 줄 때도, 엄마는 안도의 한숨만을 내쉬었다. 엄마는 한 번도 감격하지 않았다. 물론 그런 걸 비교하고 싶은 건 아니었다. 나는 엄마의 옆에 앉아서 최은성이 하는 동작들을 응시했다. 그는 방긋방긋 웃으면서 노래하고 있었다.

웃어?

너는 어떻게 웃을 수가 있어?

어떻게 웃을 수가 있어? 나는 그날 밤 덜컹거리던 창문을 떠올렸다. 시끄러운 소음과 울음소리. 하나도 웃음이 나오지 않았다. 나는 끝까지 냉랭하게 최은성을 바라보았다.

나는 그 순간 한 가지 결심을 했다. 아무도, 더 이상은 그 누구와도 친해지지 않겠다고.

내 인생에서 저 인간을 절대로 들키지 않겠노라고.

그날 이후 내가 꾼 악몽은, 아빠나 오빠가 다시 현관문을 열고 들이닥치는 것이 아니었다. 오빠는 진지한 얼굴로 인터뷰를 하고 있었다. 유명한 예능 프로그램이었다.

"네, 저희 아버지는 제가 어릴 때 집을 나가셨어요. 아직까지도 동생에게는…… 면목이 없습니다."

"은성 씨도 어린 나이였잖아요. 동생도 충분히 이해할 겁니다."

"그건 아닙니다. 걔는 아직도 저를 이해하려고 하지 않을 거예요."

"은성 씨에게도 그런 상처가 있었군요. 혹시 무슨 일이 있었는지 물어봐도 괜찮아요?"

안 돼.

얘기하지 마.

나는 끔찍한 비명을 지르며 잠에서 깼다. 식은땀을 하도 흘려 속옷까지 푹 젖어 있었다.

"무슨 일이니? 응? 얘 봐, 이 땀 좀 봐. 무서운 꿈 꿨어? 왜 그래."

엄마가 내 어깨를 붙들었다.

"오빠는 왜…… 도대체 왜, 그딴 직업을 택한 거야?"

"뭐?"

"돈 벌려면 꼭 유명해야 해? 오빠는 왜 항상 겁이 없지? 어떻게 그래?"

"얘가 뭔 소리 하는 거니…… 일어나서 물 좀 마셔."

"엄마, 엄마는 그게 좋아?"

엄마는 여전히 내 말을 하나도 이해하지 못하고 있었다. 엄마가 가져온 보리차를 마시며 생각했다.

언젠가 오빠가 텔레비전에 나와서 줄줄 불어 버릴지도 몰라.

가난하고,

끔찍하고,

견딜 수 없는 과거를,

전 국민이 알게 될지도 몰라.

그러니까 한 문제라도 더 맞히고, 1점이라도 올리는 것, 그게 내게는 최우선 과제였다. 최은성에게서 멀어지기 위한 가장 쉬운

일. 최은성의 동생으로 불리는 것보다는 차라리 이름을 잃은 반 1등, 전교 1등이 나은 것임은 분명했으니까.

그렇게 악착같이 지켜 온 익명의 나였다. 내가 그의 가족으로 알려지고 싶지 않다는 사실을, 최은성은 모를까? 아냐, 오빠는 알고 있을 거야.

그러니까 최은성은 지금 나를 벌주고 있는 게 틀림없다. 창문이 덜컥대던 그때부터 지금까지 그에게 미뤄 왔던 내 몫의 위협과 공포에 대한 벌. 나와 나이 차도 얼마 나지 않던 어린 오빠를 혼자 아빠 앞에 세워 두고 모른 척하고, 심지어 죽으라는 말까지 퍼부었던 나에게 말이다.

꺼져 있는 휴대폰을 내려다보았다.

알 수 없는 국번의 전화, 모르는 번호, 모르는 사람들의 목소리를 떠올리자 진저리가 쳐졌다. 나는 어느 순간 중학생일 때의 나로 돌아와 있었다.

딩동.

감기에 걸렸다고 둘러대고 싶었다. 이불 안에만 있고 싶었다. 눈을 뜨고 싶지 않았다. 하지만 결국은, 한 번은 겪어야 할 일이었다. 이미 나를 지켜 주던 익명의 나는 사라졌다.

　감자조림의 돼지고기를 집어 먹으면서 아무 말도 하지 않았다. 여전히 밀가루떡, 술빵같이 얼굴이 허여멀건한 최은성도 별말 하지 않고 숟가락만을 움직였다. 엄마만 분주히 우리 둘 사이를 왔다 갔다 쳐다보다가, 엄마마저 경비실의 인터폰 소리에 반색하고 뛰어나갔다.

　"아우, 차? 차요? 은성아, 너 차 어디다 댔니?"

　"댈 곳이 없어서…… 잠깐 평행 주차 했는데."

　"안 돼, 우리 아파트는 평행 주차 하면 큰일 나. 차 키 어딨니?"

　"코트 주머니에."

　"잘됐네. 어디 아들 코트 좀 입어 보자."

　그렇게 말한 엄마가 최은성의 코트를 입고는 순식간에 불편한 자리를 떴다. 띠릭. 현관문이 닫히면서 난 기계음을 마지막으로, 집은 다시 세상없이 조용해졌다.

　최은성이 젓가락을 내려놓았다. 탁, 하는 진동이 아일랜드 식탁에 울려 퍼졌다.

　"뭐가 문젠데."

　최은성이 나를 가만히 응시했다. 그 시선을 맞받아치는 데는 용기가 필요했다.

　"도대체 왜 라이브 방송 따위를 켠 거야? 굳이 그렇게 하지 않

212

아도 됐어."

"왜냐니."

"내가 중학교 때 오빠한테 잘못한 것 때문에 그래?"

"뭐?"

최은성이 황당하다는 듯 얼굴을 찌푸렸다. 나도 숟갈을 내려놓았다. 최은성이 기분 나쁜 티를 숨기지 않고 말했다.

"애처럼 굴지 마. 너를 위해서 한 일이잖아!"

"나를 위해서? 난 발신자 불명의 전화를 받고 싶지 않고, 오빠처럼 얼굴이 알려지고 싶지도 않아. 내가 그런 거 싫어하는 거 알잖아? 아빠가 찾아오면 어떻게 해? 난 그냥 조용히 살고 싶어! 그런데 오빠가 다 망친 거야. 중학생 때도 지금도, 오빠 마음대로 내 인생을 휘저은 거라고!"

"그래서 그런 년들한테 따돌림이나 당했어? 너를 괴롭힌 그런 년들, 내 세계에는 발에 차고 넘칠 정도로 많아. 그런 애들 하나 못 다루는 멍청한 동생 뒤치다꺼리 오빠가 대신해 준 게 그렇게 분해? 뭐가?"

울컥 화가 치밀었다.

"나도 나름대로 계획이 있었다고!"

"계획? 그만 좀 웃겨. 너랑 엄마는 아무도 손 못 대. 앞으로도 난 이렇게 살 거니까, 귀찮게 굴 기면 미리 말해. 넌 지금처럼 공부나 하고 있으면 돼. 모르는 곳에서 전화 오는 게 문제야? 폰 오래됐지? 내가 바꿔 줄게. 그 김에 번호도 바꿔."

나는 반 전체를 통틀어 이름을 부르는 애가 없었다. 하지만 지금은 달랐다. 나는 AA의 멤버들을 만나서 달라지고 있었다. 고명경과의 일도 분명히 언젠가 내가 해결할 일이었다.

"넌 그냥 가만히 네 방에 처박혀서 공부나 하는 게 도와주는 거야."

그때처럼.

명백하게 약자를 바라보는 시선이었다. 나의 진정한 라자루스 모렐이 내 앞에 있다. 내 자유를 인정하지 않을, 나를 보호한다고 말하는 집안의 절대자가.

"내가 싫다고 말했잖아!"

"아까도 말했지만 난 너를 위해 그랬던 거고 앞으로도 그럴 거야. 모든 일에 일일이 허락을 맡아야 해? 어딘가에서 홀로 죽어 갈 그 인간이 무서워서 이렇게 아무한테나 짜증을 부리고 있는 너한테?"

아무 대꾸도 할 수 없었다.

전부 사실이었다.

최은성이 숟가락을 들어 크게 밥을 떴다. 곧 현관에서 비밀번호 누르는 소리가 났다. 우리는 다시 조용해졌다. 나는 손끝을 말아 쥐었다. 엄지손톱 끝이 하얬다. 언젠가, 패스트푸드점에서 킬로가 그 손끝을 쓰다듬던 것이 떠올랐다.

그 애는 지금 병원에 있다고 했다.

오빠가 조용히 덧붙였다.

"숟가락 들어. 다 먹었으면 들어가든가."

그러더니 빙긋 웃으며 나를, 아니 내 뒤에 다가온 엄마를 바라보았다.

"엄마, 이 감자조림 진짜 맛있어. 좀 싸 가도 돼요?"

"당연하지, 우리 아들. 있어 봐, 내가 좀 더 해 줄게."

나는 목이 메어서 감자조림을 제대로 넘길 수도 없었다.

오빠에게 아빠는 이미 과거였다. 그는 아빠와 싸워 이겼고, 나는 그렇지 못했다. 그는 다 늙어서 어딘가에서 홀로 죽어 가고 있는, 과거의 사람이었다. 하지만 아빠는 내게 있어 쿠키의 김 교수였고, 베어의 개 학대범이었다. 아빠는 나의 고명경이었다. 가장 끔찍한 기억이었다. 내 인생과 사람들 사이에 차곡차곡 쌓인 담이었다. 그것은 내가 언젠가 부숴야 했던 벽이었다.

나 대신, 엄마 대신 그걸 최은성이 했다. 이제 최은성의 앞에서 누군가 그를 방해한다면 그는 아무렇지 않게 없애 버릴 것이다. 그것이 아빠여도.

내가 두 달에 걸쳐서 하려고 했던 일을 그는 20분의 라이브 방송으로 끝내 버렸다. 최은성에게는 여러 가지 방법이 있었다. 엄마에게 알려서 학폭위를 열든가, 고명경을 전학 보낼 수도 있었다. 최소한 내게 먼저 사실을 물어서 확인할 수도 있었다. 하지만 그는 그렇게 하지 않았다. 할 수 있는 가장 치명적인 방법으로 고명경을 위압했다.

몇 분 만에 수십 명을 죽여 버리는 존 윅처럼, 쉽고 빠르게.

나는 절대로 오빠처럼 될 수 없다는 사실을 알고 있었다. 나를 때린 그날 이후에 그는 분명히 달라졌다. 엄마와 내 앞을 가로막아 서는 것밖에 모르던 어린 오빠는 이제 손쉽게 사람들에게 보복하는 방법을 알았다. 그런 인생이 얼마나 처절한지, 이미 영화 같은 삶 속에서 살고 있는 본인은 모를 것이 분명했다.

사실을 직면하는 것은 고통스러웠지만, 나는 인정했다.

나는 존 윅의 죽은 개였다. 내가 움직이지 않는 것처럼 보였기 때문에, 오빠가 총을 들어야만 했던 것이다.

머릿속에서 불쑥, 바우의 목소리가 울렸다.

'그러면 베어 양, 모임에서 만나지.'

나는 킬로를 망쳤다. 주홍이와의 관계도 망했다. 두 달을 공들인 프로젝트도 망했다. 그렇다고 해서 멈출 수는 없었다. 나도 무언가를 해야 했다. 그것이 개에게 통하는지 아닌지 모를 텔레파시를 보내는 것처럼 아무 의미 없는 일이라도, 내겐 초능력이 필요했다.

자리에서 일어섰다.

시간은 2시가 한참 지났지만, 모임에 보고를 해야 했다. 킬로도 뚜벅이도 이제 없다. 하지만 여전히 나는 AA의 멤버였다. 모든 게 끝난 건 아니었다.

엄마와 오빠가 나를 바라보았다. 하나는 정말로 어리둥절해서였고, 하나는 어리둥절한 척이었다.

"나 좀 나갔다 올게."

최은성이 나를 가만히 올려다보았다. 엄마가 걱정스러운 눈으로 나를 봤다.

"어디 가는데."

"학교 앞 서점."

"서점?"

"외상이 있었는데, 까먹었어. 금방 올게."

"데려다줄까? 밖에 많이 춥더라."

"그럼 엄마 말고, 오빠가."

최은성이 나를 보았다. 그의 시선이 끝까지 내 등 뒤로 따라붙는 걸 무시하고, 패딩 모자를 뒤집어썼다.

'사람을 좋아하게 된 이상, 그 전으로 돌아갈 수는 없어. 사람을 싫어하게 된 이상, 그 전으로 돌아갈 수는 없어.'

차 오디오에서 그런 노래의 가사가 흘러나왔다.

'사람을 좋아하게 된 이상, 그 전으로 돌아갈 수는 없어.'

나는 18년 동안 당연하게 혼자서 살아왔다. 그 누구아도 친헤지려 하지 않았다. 문제집과 빨간 펜. 그것들이 내 인생이란 집의 안전한 벽돌이었다.

2차전을 생각하고 있었는지 찌푸린 채 운전을 하던 오빠의 얼굴이 어느새 무표정으로 돌아와 있었다.

"미미 책방?"

"응, 사거리에서 내려 줘."

네비게이션을 찍던 최은성이 한숨을 내쉬었다.

"그 가방 버리랬잖아. 내가 준 건 어디다 처박아 놓고."

나는 대답하지 않은 채 내 가방을 쥔 손에 힘을 주었다. 조금 전, 최은성은 변하지 않겠다고 선언했다. 앞으로도 계속 내가 바라지 않는 것을 주고, 원하지 않는 일을 할 것이다. 나를 위해서, 엄마를 위해서.

"의사 선생님이 책방 모임이라는 거, 교과 스터디가 아니라 일반 독서 모임이라고 하던데."

최은성의 옆모습에서 망치의 미안한 얼굴이 어른거렸다.

"그 모임 이제 그만 나가. 쓸데없는 사람들 만나서 공부에 도움 되는 것도 아니고……."

"나 할 말이 있어."

나는 잔소리를 시작하려는 최은성의 말을 잘랐다. 꼭 해야 하는 말이 생각났다.

"오빠는 이기적인 사람이야."

"그거 참 중요한 사실이네."

218

"그래서 나도 이기적으로 행동할 거야. 오빠를 위해서."

최은성의 인생관에 모두 동의할 수는 없다. 하지만 AA 모임에서 배운 게 있다. 적어도 아주 조금은 받은 만큼 되돌려 주어야 한다는 것이다.

"너 원래 이기적이잖아?"

최은성이 어리둥절한 얼굴로 나를 봤다. 그 모습을 보니 아주 조금 후련해졌다. 어릴 때의 오빠 모습 같았다. 나는 그의 말에 대답하는 대신, 내가 하고 싶은 말을 했다.

"그리고 난 내 가방이 더 좋아."

차는 빠르게 사거리에 도착했다. 밖에는 눈발이 휘날렸다. 나는 최은성의 차가 사라질 때까지 미미 책방의 건널목 앞에 서서 꼼짝도 하지 않았다.

미미 할머니가 서점 안에서 나를 가만히 보고 있었다.

건널목 앞에서 나는 그런 미미와 미미 책방을 하염없이 바라보았다. 머리를 몽땅 적신 진눈깨비가 조금씩 싸락눈처럼 내렸다. 2층의 창문은 닫혀 있었다. 나는 그곳을 하염없이 바라보았다.

내 편.

아니, 킬로와 뚜벅이, 양주홍의 편.

그들은 내가 킬로에게 한 짓을 알까? 그것이 여기까지 온 나를 망설이게 했다. 마음을 준 상대에게 거절당하는 것은, 그렇지 않은 상대에게 거절당하는 것보다 배는 아팠다. 킬로에게 말더듬이라고, 말 병신이라고 말했던 내가 떠올랐다.

어떻게 그렇게 기막힌 순간에 그런 기막힌 말로 상처를 줄 수 있었을까?

머리를 잘리거나 체육복이 찢겨 나가는 것은, 아무것도 아닌 일이었다. 나는 그 애의 무수한 욕설을 떠올렸다. 킬로는 부들거리며 이를 악물었다. 그 많은 말들을 그 애 안에 누르기 위해서 계속.

'넌 손해 본 거 없잖아.'

머릿속에서 양주홍이 딱딱하게 말했다.

나의 손해.

세상이 내 맘대로 되지 않는 것에 대한 분노. 오빠도, 엄마도, 아빠도, 성적도 내가 생각했던 완벽한 시나리오대로 움직이지 못한 것에 대한 분노.

틀린 정답을 써 놓고 문제집을 출판한 놈에게 너무 화가 나서 빨간 펜으로 죽죽 그어대던 나.

나의 손해.

외운 모든 것이 맞아야 하고, 준비한 것이 모두 착착 들어맞아야 하고, 공부할 때는 주변이 조용해야 하는 '정답'만이 있어야 하는 나의 손해. 그런 것들이 킬로와 오빠, 양주홍이 입은 손해와 비교가 될까?

나는 결심했다. 앞으로 걷지 않으면 아무것도 변하지 않는다.

후각 상실 다쿠아즈를 먹여 미식가들의 콧구멍을 멸망시키고(쿠키는 또 다른 레시피를 연구 중일 것이다), 몇십 년 동안 기다려서 소셜 네트워크 사이트의 마비를 일으키고, 굶주리며 울부짖는 개들에게 자유를 깨닫게 하고, 치과 진료를 받으러 오는 손님들에게 포장 불량 샘플을 선물하고, 자본으로 자본을 버는 부자들의 돈을 몰래 수익률 0인 '최대 안전 자산'에 넣고, 아이큐 146으로 태어났지만 사회에 아무것도 기여하지 않고 세상을 살겠다는 사람들과 같이, 나도 그 쩨쩨하고 오래 걸리는 프로젝트를 다시 시작할 때가 된 것이다.

나는 오빠처럼 될 수는 없다. 고명경이 불쑥 내 앞에 나타났을 때, 그 면전에 지우개를 던질 용기도 아직은 없다. 다만 비밀스러운 뭔가를 AA와 함께하고 있다는 것만이 위안인 것이다. 이 빌어먹을 사회에서 학습된 정답 코드만을 내뿜는 기계로 만들어졌어도 말이다.

이제 열 번째, 신호등이 파란 불로 다시 바뀌었다. 미미는 여전히 나를 유심히 바라보고 있다. 결심한 나는 횡단보도를 건넜다. 책방의 문을 열었다. 미미는 보라색 점프 수트와 양털로 짠 흰 카디건에 자주색 스카프를 하고 있었다. 자세히 보니, 그 모노그램 가방 색깔과 맞춘 게 틀림없었다.

"들어가렴. 이제 곧 끝날 시간이지만 말이야."

나는 삐그덕거리는 계단을 조심스럽게 밟으며 올라갔다. 미미가 그런 나를 붙잡더니, 입고 있는 가디건과 세트인 듯한 하얀색 털모자를 내게 씌워 주었다.

"모자를 잊지 마렴. 모자가 얼굴을 가려 준단다. 표정도 어둡게 보이게 하지."

"……그래서 써야 하는 거예요?"

"사람의 얼굴에는 적당한 음영이 있어야 한단다. 그래야 나 자신을 지킬 수가 있거든."

미미는 그렇게 말하고는 내 등을 밀었다.

"얘, 이제 올라가렴. 시간이 아주 조금밖에 남지 않았단다."

미미의 모자를 쓰고 비장한 얼굴로 그녀를 향해 고개를 끄덕였다. 2층으로 올라가자 원탁에 모여 있는 멤버들이 보였다. 그들은 모두 나를 바라보고 있었다.

이코가 말했다.

"아깝네. 오늘 진짜 맛있는 무화과 스콘이 나왔었는데."

나는 자리에 앉았다. 내 정면에서 나를 보고 꺼지라고 말했던 나의 첫 번째 친구 양주홍이 뚜벅이의 얼굴을 하고 무심하게 나를 바라보고 있었다. 그 옆, 킬로의 자리는 텅 비어 있었다. 빈자리를 보자, 누군가가 내 심장을 미세한 송곳으로 찌르는 것 같았다.

"쯧쯧, 프로젝트는 안타깝게 됐군."

바우가 혀를 찼다. 망치가 애써 미소를 지으며 말했다.

"잘된 거죠. 코 안 대고 손을…… 아니, 손 안 대고 코를 푼 거죠.

그렇죠, 베어?"

"그나저나 오빠가…… 그런 훌륭한 사람이었습니까?"

"쿠키, 훌륭하지 않아요. 전혀 그렇지 않아요."

나는 쿠키의 말만을 정정했다. 모두가 한참을 지각해 놓고 불쑥 올라온 나를 궁금해 미치겠다는 표정으로 바라보고 있었다.

"그래도 동생에게는 훌륭하잖아?"

이코가 아무렇지 않게 말했다. 이코의 눈에서 '고객 유치'라는 두 단어가 보이는 것 같았다. 나는 그런 이코를 외면한 채 망치에게 말했다.

"미안했어요."

"뭐가요?"

"지난번에요."

"……베어, 그건 사과했잖아요? 그리고 의견 차이는 언제나 있을 수 있는 겁니다."

"전 프로젝트를 변경하려고 해요. 이미 망한 건 싹 잊으려구요. 그래서예요, 망치. 나도 망치의 도덕과 윤리적 관점을 전면 수용하기로 했어요."

다섯 쌍의 시선이 내게 다이렉트로 꽂혔다. 뚜벅이마저 반쯤 호기심에 차 있었다.

나랑 상관없는 사람들에게 해를 끼치는, 아주 비밀스러운 작입.

나는 눈을 가늘게 뜬 채 고개를 숙이며, 그들에게만 들리도록 말했다.

"케이팝을 없앨 거예요."

에필로그

　나와 주홍이 할머니는 겨울방학 이후 매일 양주홍을 볶아 댔다. 우리는 그 애를 도저히 림버거 치즈처럼 썩혀 둘 수가 없었다. 내가 낑낑대며 7분 만에 답을 도출해 낸 4차함수 문제를 4초 만에 풀어 버린 그 애의 재능을, 110씨씨 스쿠터나 전기자전거 위에서 썩게 두는 건 말도 안 됐다. 그 애는 언제나 우리들의 'TV 영재 소년'이 되어야 했다.

　"그거 아냐? 너도 너희 오빠랑 똑같아."

　수능을 보겠다고 항복한 양주홍은 짜증을 내며 그렇게 말했다. 조금 서운했지만, 원래 친구란 서운한 상태와 서운하지 않은 상태를 오가는 관계다.

　오늘 양주홍은 수능 원서를 접수하러 1년 만에 학교에 왔다. 나는 그 애를 우리 학교에 재입학시키고 싶었지만, 다시 교복을 입는 것만큼은 강력하게 반대해서 할 수 없었다. 우리는 미미 책방의 2층에서 매일매일 즐겁게 공부했다. 장소 대여료는 최은성의 모노그램 가방을 장기 대여하는 것으로 퉁쳤다. 덕분에 미미는 그 가방에 어울리는 패션 아이템들을 사 모으는 트렌드 세터가 되었고, 미니멀리스트인 망치는 미미의 뉴 아이템을 볼 때마다 몰래 혀를 찼다.

"그래서 넌 법대를 안 가려고? 정말 판사 안 할 거야?"

나는 그 애의 팔짱을 꼈다. 이제 고3이다. 여전히 반에서 친구는 없지만, 최은성이라는 이름은 대단해서 몇몇 이름과 매치되는 익숙한 얼굴들을 만들어 냈다. 나는 학교에서 이상하게 따라붙는 시선에도 불구하고 전학을 가지 않았다. 언제든 익숙해져야 할 일이라는 사실을 받아들인 것이다.

"안 간다니까."

"아, 천직이었을지도 모르는데."

양주홍이 아쉽다는 듯이 말했다.

"의사가 될 거야. 그래서 킬로를 도울 거야."

"킬로가 그걸 원하긴 하나."

"안 그래도 물어 봤어. 돌팔이 의사가 될 게 뻔하다면서, 내가 처방한 약은 절대 안 먹겠다고 으름장을 놓던데."

지난주 나는 킬로의 병원에 방문했다. 그 애는 내가 정신과 의사가 되겠다는 말을 하자마자 인상을 팍 찌푸리더니, 입가로 가져가려던 쿠키의 크루아상을 도로 내려놓았다. 게다가 같이 갔었던 바우마저도 내게 의사도, 수의사도 어울리지 않을 것 같다는 점잖은 조언을 했다.

"흠, 역시 똑똑한 녀석."

하지만 누구에게나 독립적이고 개인적인 프로젝트가 있는 법이다.

"욕을 말하지도 못하고 듣는 것만으로도 자극이 된다니, 그건 완벽한 치료가 아니잖아. 난 꼭 킬로도 이코처럼 그 훌륭한 쌍욕들을 자유자재로 조절할 수 있게 만들어 놓을 거야. 히포크라테스한테도 그렇게 선서할 거야."

주홍이가 입술을 굳게 다물고 고개를 끄덕였다.

"역시 너는 너희 오빠랑 똑같아."

"그거 나한테 진짜 무시무시한 말인 거 알지?"

"알고 하는 거잖아."

"아…… 너무한데, 양주홍?"

우리는 학교 건물을 나와 나무가 심긴 교정의 뒤뜰을 걸었다. 나는 배웅을 핑계로 후문에서 가장 먼 길을 택했다. 뒤늦게 뛰어든 화학이나 생물 과목 때문에 머리가 터질 지경이었기 때문에, 주홍이와의 산책은 소중한 이벤트였다. 늦게 오다던 가을이 어느새 교정의 나뭇잎 끝에 5밀리미터 정도 매달려 있었다.

"모고는 어땠어?"

"오, 양주홍이 그런 것도 물어보네? 나야 뭐, 잘 봤지. 과탐에서 두 개나 틀리긴 했지만."

"두 개?"

"너 또 교무실 얘기 꺼내려고 했지?"

"네가 뭐 때문에 AA에 들어왔는데."

"나 예전의 베어가 아냐. 두 문제 정도야 극복할 수 있다고."

교무실에서 선생님과 한 문제의 정답을 가지고 싸웠을 때, 나는 그 기분을 모두에게 느끼게 하고 싶었다. 그게 얼마나 억울한지, 내가 의존하고 있던 답이 얼마나 초라한지를 느껴 보게 하고 싶었다. 고명경에게 백 점짜리 시험지가, 반 1등이 얼마나 어려운 것인지를 가르쳐 주고 싶었다.

주홍이가 멈춰섰다. 가방에서 무언가를 꺼내 내게 내밀었다. 그 것은 프린트가 잔뜩 들어 있는 플라스틱 폴더였다.

"프로젝트 이후에도 계속해 왔어."

"오, 검사 받으려고?"

"혹시라도 틀린 거 있나 체크해 줘."

나는 폴더를 받아들었다. 피식 웃음이 새어 나왔다.

"양주홍, 나 낚게? 경쟁자 줄이기?"

"와…… 내가 너야?"

AA에서 시행했던 내 첫 개인 프로젝트가 생각났다. 매일매일

꼬박꼬박 요약 정리를 나눠 주다가, 시험 전날 뿌린 오답 노트에 진짜 오답을 살포해 놓는 것이었다. 고전시가 프린트를 아무에게도 돌리지 못한 것이 아깝기는 했다. 그건 아직도 내 방 서랍 어딘가에 처박혀 있을 것이다.

"체크하고 틀렸거나 쓸모없는 부분 있으면 알려 줘. 다시 정리해야 하니까."

"그래."

지금의 나는 문제 하나에 연연하는 그런 나약한 인간이 아니다. 내겐 재수도 있고 삼수도 있다. 그걸 뒷받침해 줄 재수 없지만 돈 많은 오빠도 있다. 내 답이 오답이었다는 것을 인정하는 건 예상외로 훨씬 많은 안정감을 주었다.

"누군가를 끌어내리는 건 의외로 엄청난 에너지를 쏟아야 한다고."

양주홍이 똑 부러지게 말했다. 나도 알고 너도 아는 사실이었다. 미움과 괴롭힘에도 재능이 있다. AA의 누구도 그 재능을 지니고 태어나지 못했다. 아쉬운 일이지만 어쩔 수 없었다. 밀가루 한 포대에 한 줌의 치즈도 갈아 넣지 못하는 쿠키가 떠올랐다. 그런 데는 최은성이나 고명경이 프로였다.

"그래도 우리도 뭔가 하고 있다는 게 중요한 거지."

내가 결의에 찬 목소리로 말했다. 내게는 21년짜리 프로젝트가 있다. 나의 무자비한 보호자이자 정서적 채권자인 최은성의 실체가 드러나기 전에, 케이팝은 꼭 망해야 했다. 양주홍 역시 비장한 표정으로 고개를 끄덕였다. 그녀도 그녀의 프로젝트가 있었다. 나와 주홍이 할머니는 그걸 계속 방해할 생각이지만.

"그러면 이번 주 모임에서 보자고."

후문으로 나가며, 주홍이가 내게 말했다. 나는 그녀에게 인사를 하고, 플라스틱 폴더로 이마 위를 가렸다.

운동장에는 늦여름의 해가 쨍쨍 내리쬐고 있었다. 저 녀석도 언젠가는 이 망할 지구의 온도를 확 올려 버려야겠다는 장기 프로젝트를 진행하고 있을지도 모를 일이었다. 종이 울렸다. 자외선을 피해, 나는 서둘러 교실로 돌아갔다.

작가의 말

아마 이 책을 읽은 모든 독자들이 알 것이다. 당신을 괴롭게 하는 무언가를 만났을 때, 만화나 소설처럼 바로 대항할 수 없다는 것을 말이다. 그리고 그 점은 때때로 자신을 무력하게 만든다. 스스로를 모멸하게 만들고 좌절에 빠트린다. 하지만 기억하라. 눈앞의 고통에 멋지게 대항하지 못했다고 해도, 당신의 가치가 훼손되는 것은 결코 아니다.

그것은 어쩔 수 없는 불운일 뿐이다. 거대한 폭풍이 인생 앞에서 몰아칠 때, 임기응변을 발휘해서 자신을 지키지 못하고 휩쓸리는 것이 자신의 잘못이라고 할 수는 없다. 자책은 생존에 있어서 결코 좋지 않다. 복수하고 싶다면 일단 살아남아야 하니까.

떨어지는 물방울이 바위를 뚫는다는 말이 있다. 아주 작은 에너지라도 꾸준하다면 바위도 뚫을 수 있다. 살아남으면 한 방울의 물이라도 떨어트릴 수 있고, 그 낙수가 모이면 바위를 뚫는 날도 분명 온다.

나 역시 괴롭힘을 경험했다. 뒤에 앉은 녀석이 내 머리카락과 내 백팩의 끈을 잘랐다. 뺨을 맞았고, 이유없이 욕을 먹었다. 죽을 만큼 괴로운 날들이 많이 있었다. 그럼에도 불구하고 나는 살아남았다. 그리고 수많은 시간이 흐른 뒤 이 책이 나왔다.

십 대 때는 내가 속해 있는 이 반이 세상의 전부라고 생각했다. 그러나 그 지옥 같은 시간을 넘어서면 반드시, 나에게도 호의적인 세계가 있다는 것을 이제는 안다. 당신에게도 미미가 나타날 수 있다. 이코가, 망치가, 쿠키가, 바우가, 킬로가 그리고 주홍이가 나타날지도 모른다.

지금 당장 사람을 만나기 어려워도 상관없다. 또 다른 세상은 책 속에도, 영화 속에도, 그림과 만화 속에도, 음악 속에도 있다.

아주 보잘 것 없어 보이는 일이라도 일단 시작하길 바란다. 나는 글을 썼다. 글은 나를 더 넓은 세계로 데려가 주었다. 그리고 그 넓은 세계가 나를 일깨웠다. 믿기 어렵겠지만, 세상에는 함무라비식의 복수 이외에도 여러 종류의 복수가 있다. 인생을 더 깊고 다양하게 만들어 줄 여러 형태의 복수가.

이 책이 나오기까지 많은 사람의 도움을 받았다. AA 멤버 미미의 모델이자 내 토양이 되어 준 어머니, 자식 걱정이 심하지만 결국 나를 지켜 주는 아버지, 나보다 훨씬 어른스러운 동생, 내가 가장 힘들 때 곁을 지켜 준 LOCK 친구들, 이밖에도 나를 도와준 모든 존재에게 고맙다고 말하고 싶다. 그리고 이 글을 세상에 꺼내 준 심사위원 분들, 여러 가지로 신경 써 주신 자음과모음 정은영 대표님과 최수인 편집자님, 마케팅 팀께도 감사드린다.

이 글을 끝까지 읽어 주신 독자님께도 정말 감사드립니다.

마지막으로, 오늘까지 어떻게든 살아준 나에게 제일 고맙다.

2022년 겨울
이도해

우리 반 애들 모두가
망했으면 좋겠어

ⓒ 이도해, 2022

초판 1쇄 발행일 | 2022년 12월 20일
초판 5쇄 발행일 | 2024년 1월 11일

지은이 | 이도해
펴낸이 | 정은영

펴낸곳 | (주)자음과모음
출판등록 | 2001년 11월 28일 제2001-000259호
주   소 | 10881 경기도 파주시 회동길 325-20
전   화 | 편집부 (02)324-2347, 경영지원부 (02)325-6047
팩   스 | 편집부 (02)324-2348, 경영지원부 (02)2648-1311
이메일 | jamoteen@jamobook.com
블로그 | blog.naver.com/jamogenius

ISBN 978-89-544-4862-8 (43810)